U0907759

时光散落在生命的细节里

陈振林 著

CHEN ZHENLIN

江苏凤凰文艺出版社
JIANGSU PHOENIX LITERATURE AND ART PUBLISHING

图书在版编目（CIP）数据

时光散落在生命的细节里 / 陈振林著 . — 南京 :
江苏凤凰文艺出版社 , 2021.1
ISBN 978-7-5594-4278-9

Ⅰ . ①时… Ⅱ . ①陈… Ⅲ . ①散文集 – 中国 – 当代
Ⅳ . ① I267

中国版本图书馆 CIP 数据核字 (2020) 第 159329 号

时光散落在生命的细节里

陈振林　著

出 品 方　九志天达
责任编辑　白　涵
出版发行　江苏凤凰文艺出版社
　　　　　南京市中央路 165 号，邮编：210009
网　　址　http://www.jswenyi.com
印　　刷　三河市金泰源印务有限公司
开　　本　690mm × 980mm 1/16
印　　张　15
字　　数　167 千字
版　　次　2021 年 1 月第 1 版
印　　次　2021 年 1 月第 1 次印刷
书　　号　ISBN 978 - 7 - 5594 - 4278 - 9
定　　价　36. 80 元

目 录

1

第一辑 最美的天使

我又想起花小朵背诵诗文的样子，摇晃着小脑袋，大眼睛忽闪忽闪地，像夜空中的小星星，清澈如水。那声音，像是小溪流在唱着歌……

2

第二辑 请你坐下喝杯茶

那些看似慢的日子，是最幸福最快乐的时光。

目 录

3

第三辑　传递一束鲜花

那面贴满小红花的墙，是美好品德和优异成绩的象征，妻和女儿将它整理得更加美观，因为，我们觉得，我们在传递着一束鲜花。

4

第四辑　给你一粒口香糖

大男孩给我的那粒口香糖，还在我嘴里，我嚼了嚼，一股甜味沁到我心中。

目录

5

第五辑　蝴蝶翩翩入梦来

蝴蝶，像一个个迷幻的精灵，自由飘飞，忽上忽下，悠闲，自在。

6

第六辑　父亲的爱里有片海

在台风来临之前，父子俩终于看到了海，那瘦瘦的孩子永远地闭上了眼睛，躺在父亲的怀里，脸上漾着幸福的笑容……

^^^ —————— 第一辑

最美的天使

我又想起花小朵背诵诗文的样子，摇晃着小脑袋，大眼睛忽闪忽闪地，像夜空中的小星星，清澈如水。那声音，像是小溪流在唱着歌……

标 签

那一年刚开学，高二（3）班的班主任吴老师就请了两个月的事假，让林老师来临时代班。

林老师很高兴，做教师最高兴的就是做班主任了，可以和自己的学生交流，真正体会到教育的幸福。做了十多年的老师了，他才做过两年的班主任工作。像个孩子一样，他满是喜悦地走进教室。和往常一样，他和学生们一起商量着怎样管理好这个新班级。林老师知道，在充分了解学生之后才更有利于对学生的管理。

一个月下来，还算是得心应手，学生们喜欢他，家长们欢迎他，都说他是个好老师。他更高兴了，自己的努力总算没有白费。学校的流动红旗在他的高二（3）班里飘扬。就在得到流动红旗的那天，曾经带过这班的肖老师将他拉到了一边，小声地说："林老师，你还是得注意点啊，你班上的文卉同学，她心理上有点小问题，得担心着，她高一时的班主任周老师硬是管不住她，有好几次，她差点出了问题了……"林老师听到这话一惊，他这是第一次听说这话。

第二天，林老师问了问班长。班长说："是啊，文卉同学心理上应该有点问题，要不然，她为什么每周都要去见一次心理医生呢？"

他吸了一口凉气，心想，要是没有肖老师的提醒，怕是真要出事。

当天放学的时候，他将文卉同学留了下来。他细细地看了看她，是个白净腼腆的戴眼镜女生。他说："文卉同学，你知道我找你有什么事吗？"面前的女生低了下头，小声地回答："我知道，我的心理上有问题，您肯定是要找我谈这个问题。"

"你知道你心理上有问题就好，"他说，"以后，我会时不时地找你说说心理方面的问题。"然后，林老师为文卉同学讲了很多心理学方面的知识。文卉有时点点头，有时又不知在想些什么。

再次找到文卉同学来谈话时，林老师带来了不少心理学方面的书。他说："你把这几本书看看吧，应该对你是有好处的。"文卉不知所措地点着头。

林老师很高兴，他想，用不了几次，文卉同学的心理问题肯定会消失得无影无踪。他还看见，文卉同学很认真地看着他带给她的书，还做了不少的笔记。可是，就在第二天他上课时，文卉同学猛然站起来，将自己的课桌用力地敲个不停。他知道这是她的心理问题真犯了，忙着将她送回了家。晚上，下了自习，他还想着文卉同学，不知她现在状态好些没有。林老师骑着自行车来到了文卉同学的家，他想他应该去说些安慰的话。文卉的爸妈也感激不已，连声说着"谢谢林老师"。

回到自己家中时，已经是深夜了。他就不明白，他这样留心文卉同学，尽可能地对她进行心理辅导，可是为什么没有效果呢？他计划着下一步是不是应该请个心理专家，和心理专家共同商讨一下这事才好。

正在他一筹莫展时，请假归来的吴老师上班了，林老师也回到了自己的班级，去忙自己新的教学任务。

两个月后，林老师想起了高二（3）班的文卉同学，就想找吴老师问问。吴老师是化学教师，林老师在化学实验室里找到了他，他手中正摆弄着几种化学试剂。林老师就问："您班上的文卉同学近来怎么样啊？还在上学没有？她可是心理上有问题的，我替您代班那阵子我可真没有办法。"吴老师皱了下眉头，说："你说的是文卉同学？"

他点了点头，说："是啊，您常找她谈心理问题吧，效果怎么样？"吴老师倒惊讶了："文卉？很好啊，她根本没有心理问题的，不信，你去看看，活泼得很，这次考试，还得了个全班第三的好成绩。我也从来没有找她谈过心理方面的问题。"

林老师就更迷惑了："怎么会这样呢？不可能吧。不少同学说过，肖老师也说过，她明明是有心理问题的一个学生啊。"

吴老师笑了笑，他拿过一个贴有"酒精"标签的玻璃瓶，问他："你说这是一瓶什么东西？"

"酒精啊，这上面写得清清楚楚。"林老师回答。

"可是，这分明是一瓶纯净水。也不知道是谁粗心大意给它贴上了酒精的标签……"吴老师意味深长地笑着说。

最美的天使

我在小学做四年级班主任的那年，学校每学期都要在班上评选一名“最美的天使”。那几天，我正在为这事发愁，因为在我眼里，孩子们都是美丽的，我无法知道谁是班上最美丽的天使。

正为这事烦着，又来了件心烦的事。班上从外地转来了一名新学生。一个小男生，他叫朱臣。个子黑瘦，一双小手黑黑的，样子总是有些怯怯的。进班了，他也极少和同学交流。我是班主任，见了我他也不打个招呼。班上进了这样的小男生，他不闹点事才怪。不过，我又看了看他，小男生的两只黑眼珠倒很是灵动，骨碌碌地转，让人觉得他还有些生气。

“老师啊，这孩子有些调皮，学习上也不是很自觉。以后还请老师多多关心啊……”他妈妈送他来学校的，生怕孩子在学校不习惯，临走时连连对我说。我连忙不住地点头。其实，刚转来的学生大多是这个样子，不好动，自个儿玩，但过了一些日子，他就自然而然地变得活泼了。

过了一个多星期，我发觉，朱臣还是个老样子，他不和同学来往，说话也很少。我心想：这孩子到底怎么了呢？但转念一想，还是过些日子再说，说不定他会变的。不过，快十岁的孩子不能还像幼儿园的小朋友，我还是想和他谈谈。当天下午，我找到了朱臣，从他的优点说起，说他守纪，说他爱清洁，说他有集体荣誉感，动用我的三寸不烂之舌和他谈心。可是，他回应很少，常常是点下头，或者最多“嗯”一声，让我觉得真不是滋味。看来这孩子真是难教，我心里想。

接下来是一次随堂测试，朱臣的成绩排在班上最后一名。虽然我不是以成绩论学生的教师，但想起朱臣进班以来的表现，想起我作为老师对他的付出，我心里有些不舒服。

我不和朱臣多说话，因为说了也好像是白说。但我还是用了很多的时间来观察他，特意将他的座位调到了第一排。还真大有收获，我发现，朱臣虽然上课时不大用心，但下课时间他很喜欢用纸折“爱心”。纸是黄黄的那种纸，比作业本上的纸要硬一些。他不停地折，好像折不完似的。我细细地看过他折的“爱心”，很是精致，特别是那心形凹下去的部分，是朱臣用小刀小心地刻成的，比专业工具做得还要好。可是，有一次上数学课时，朱臣正在折他的“爱心”，被老师当场抓住。数学老师将他交给了我，朱臣见了我，也不害怕，一副等着我来重重处罚他的样子。我没有发怒，只是轻轻地问他：“为什么要折这种东西啊？”

他低着头，仍然不作声。我真生气了，说：“你再不作声那我也管不好你了，也就只能让你转班了……”我话音未落，朱臣开口了：“老师，不要让我转班。”他用一双乞求的眼睛看着我。

“那为什么要折啊，朱臣？”我又问。

朱臣顿了一下，小声地说：“老师，我能不说吗？”

“不说不行！”我大声地说。因为，我还看到，教室里的窗户玻璃上也贴上了朱臣折的“爱心”。

“老师，您认为玻璃上的爱心不漂亮吗？”谁知，朱臣反问我。我又看了看玻璃上的“爱心”，这不分明是乱粘贴吗？“你乱粘贴，破坏教室的美观。”我反驳他。我倒是想将他转出班去，但当时的学校里，大家都想着升学率，像他这样成绩不好的学生是不要的。

“老师，我向你保证，明天之后，后天开始，我不再折爱心了。”看到我真生气了，朱臣主动和我说话。

“不行，从今天开始，你就不能折了。”我斩钉截铁。

没想到，朱臣哭了起来：“老师，一进到这个班我就数了的，我们班上的学生和老师一共有五十九人，我想送给每个人一个爱心，我只差六个爱心了，就让我还做一天吧……我爱这个班级……也许，过几天我爸爸妈妈又要离开这座小城到另外的地方打工，我就再也见不到你们了……”

我一惊，怔在了那儿。原来，他是我们最美的天使。

花小朵

车子一路开过，像只找寻自己家门的大黄狗一般，快乐地向前奔着。

我们同学四个，坐在回家的车上。我们刚刚去了两百多公里外的老同学李天家里一趟。十多年了，我们同学和李天见面的次数太少了，也不知他一直在忙些什么。昨天他打电话给张书文，说他家里出了点事儿，问了情况，才知道是他在生意上与人发生了纠纷，打架了，动了刀子，他和对方都伤得不轻。张书文联系上了我，我们就叫上了同在一座小城的王知一和陈章。我们去医院看了李天，安慰了他。见他也没有什么大碍，我们下午就往回走了。送我们来的车子有急事上午就回去了，我们只得临时找了部面包车，可以坐十来人的那种，车况还佳，价格也不高。

车上，我们四个人的话语，也像那车轮一样，一直没有停息。同学嘛，当然有话说。张书文又一次发表感叹："你们说说，这个李天，上学时连蚂蚁也怕踩的，这下子，倒动了刀子了……"

"人之初，性本善。人也是会变的，有人掐着你的脖子了，你不反抗？"我说。

我的话还没说完，有声音从车里传出来："人之初，性本善。性相近，习相远。苟不教，性乃迁……”

是个小女孩。我们这才觉察到车里还有一个小女孩。

开车的李师傅开口说话了：“这是我家里的小女儿，今天周六，没有人带，我也就带着，反正我这出租车的生意也不是太好。”

小女孩坐在最后一排座位上，刚才坐在前两排的我们只顾着讲话，哪里看到她了呢？

听到她爸爸说到她，小女孩走到前排，站在我身旁，说：“叔叔，我能背诵《三字经》，我还能背诵《百家姓》，背诵好多古人说的话呢。”说着，她张口就来：“赵钱孙李，周吴郑王……”

“子曰，人而无信，不知其可也。”她又开始背诵名句了。

说话的时候，小女孩眉角向上扬，大眼睛忽闪忽闪的，很是自信的样子。看到这可爱的小女孩，我作为教师的职业习惯又来了：“小朋友，你还没有告诉我们，你叫什么名字呢？”

“我叫花小朵。花是花朵的花，小是大小的小，朵是花朵的朵。”她说，声音很大。我们笑了。她开车的爸爸也笑了：“这小鬼，总是这样介绍自己。”

“还有一个月，我就六岁了，上幼儿园大班了。”花小朵又说。

我们的话题自然就转到了小女孩这里。王知一对小女孩说：“花小朵，你能背诵古诗吗？”

“当然能啦。”她张开了小嘴，“春眠不觉晓，处处闻啼鸟。夜来风雨声，花落知多少。”

“花小朵真棒！”陈章伸出大拇指夸奖她。

我拉过小女孩的小手说：“花小朵，你能画画吗？画一朵一朵的小花。”

“可以啊。我今天回家，就画一幅画，画一朵一朵的小花。但是你看不到了啊。”花小朵说。

“那怎么可以找到你呢？”我问。

“我在水果市场那儿住，市场路29号。你进了水果市场，就大声喊，花小朵快出来，花小朵快下来，我就出来了，你不就看到我的画了？”花小朵的眼睛一眨一眨的，像夜空中的星星，清澈，明亮。

“好啊，好啊，我明天就去看花小朵的画。”我很高兴能遇到这样一个有趣的可爱小女孩，连忙说。

伴着一路的欢声笑语，我们回到了我们的小城。王师傅和他的小女儿花小朵，又要开着车往回赶了。花小朵连连向我们挥手说着“再见”，我们也挥手道别，看着他们的车慢慢消失。

肚子饿了，我们同学四人，又忙着找家餐馆，慢慢地坐着喝酒。张书文又开始发表自己对人生的长吁短叹了……

周一上午上班，我刚泡了杯绿茶，还没来得及喝。病床上的李天电话打了过来：“老同学啊，我的身体恢复还不错，你用不着记挂。但是，你还记得花小朵吗？你不是说好了要来看她画的画吗？怎么没来啊？刚才那开车的王师傅找到我这儿来了，说他家的花小朵啊，前天一回家就画了好多幅画，画上有着一朵又一朵的小花。昨天一整天，小女孩就站在她家窗子前，等着你去喊一声，花小朵快下来，花小朵快下来，可是，直到晚上，也没见你的影子……”

我拿着电话，手触电般停在了半空。

我又想起花小朵背诵诗文的样子，她摇晃着小脑袋，大眼睛忽闪忽闪的，像夜空中的小星星，清澈如水。那声音，像是小溪流在唱着歌：“春眠不觉晓，处处闻啼鸟。夜来风雨声，花落知多少……”

男孩清水

我要去找一个名叫清水的男孩。

他是我的学生，高三（3）班的学生，品学兼优的学生。从高一年级到高三年级，我做班主任，他在我班上三年了，从来没犯过什么事儿。还有一个多月就要高考，不用考，他是铁板钉钉的重点大学学生。

可是，他已经有三天没有来上课了。这些日子，他是有些反常，从来不迟到的他偶尔会迟到，有时身上的衣服还脏兮兮的。

他会出什么事儿呢？

我对他的家庭情况太熟悉了。他五岁时，他的父亲在一次车祸中身亡，留下了他和两岁大的妹妹，一年后他们年轻的母亲也改嫁了。好在家中还有爷爷奶奶，年迈的爷爷奶奶抚养着兄妹俩，长年吃着百家饭，后来民政才有些救济，但日子也过得紧巴巴的。初中还没毕业时，清水就想着不读书了，他要用他的肩膀挑起这个家。那个晚上，爷爷抚摸着他的头，轻轻地说了句：“孩子，不读书，你的路更窄了哩。”

他又走进了教室。中考，他以全县第二名的成绩进入县一中。他仍然保持着良好的势头冲刺着自己的高考。机遇也不错。高一年级的时候，县里开展“一对一”帮扶活动，清水成为副县长刘日福的资助对象。这样，每学期清水都能从学校领取一千元的资助金。领取资助金的时候也会举行简短的仪式，清水会恭敬地从副县长刘日福手中接过钱，然后小声地说声“谢谢”。刘副县长呢，看到成绩接连攀升的清水，总会说句鼓励的话：“好好学习，安心学习，你们才是未来的希望啊。”

清水总算能安心学习了。他知道爷爷奶奶多病，尽可能地省吃俭用，将多余的钱帮爷爷奶奶买点药。他知道读初中的妹妹从来没有喝过牛奶，想着有一天帮妹妹买一些牛奶。

清水懂事。可是，懂事的他去了哪里呢?

我问过他要好的同学张林，张林说他只是说“家中有事”就走了。我昨天去过清水的家，三十多公里外的一个小村子，他的家，两间小屋，没有任何家电，生病的奶奶卧在床上，他的爷爷刚刚下地去了。清水根本没有回家。

我向人打听到了清水妈妈的电话号码，接通后，她说，儿子好几年不和她说话，不可能到她那儿去。

我又去了他妹妹的初中学校。他妹妹说，哥哥清水是来找过她，给她带来了两盒牛奶就走了，临走时，背着个大大的蛇皮袋，袋子里鼓鼓的，像是满满的易拉罐。

我似乎明白了什么。接着，我走访了几个废品收购站，向人比画着清水的模样。果然，这几天，清水都在这些废品收购站卖过易拉罐，而且，有时还不只是他一个人。

在县城城东最大的一家废品收购站，我找到了清水。他将满满一袋易拉罐吃力地放在了秤盘上。他的身边，还有几个一般大的孩子。见了我，他有些不好意思，“老师，我明天就去上学，明天就去。”

“这几天你不上课，不担心你的高考了？”我反问，有些生气。

“老师，我就是担心影响我的高考，影响我的生活，所以这些天我不上课。”他说，声音不大，但有力量。说着，他指了指身边的几个孩子，“这三个是我初中最好的同学，他们在帮我捡易拉罐，有时也低价收购，这一个多月，到昨天为止，我们已经赚了四千五百元钱。”

“赚这么多钱做什么？”我不解。

“归还啊。”他一本正经。见我还是一头雾水，他递给我一张报纸，报纸上的一条消息赫然醒目：原副县长刘日福贪污受贿被查处。

这时，清水身旁的同学发话了：“老师，清水是得到了刘副县长的资助金才学习的，可是，刘副县长贪污受贿被查处了。清水说，他不能接受贪污受贿的钱来学习，他想着归还这些钱。”

清水接过了话：“老师，这五个学期，我一共接受了刘副县长五千元的资助，现在我已经归还了四千五百元，今天应该能赚两百多元吧，您能借我三百元吗？我将那五千元全部还清。”

我还能说什么呢？我木偶一样，从钱包里抽出三百元，递到清水的手中。

第二天清晨，清水端端正正地坐在教室里，满脸的笑容。

中午的时候，我的一个在县政府办公室工作的同学王涛打来电话：“老陈啊，你们学校的一个叫清水的学生闹了点麻烦，他想将刘日福副县长资助他学习的五千元归还，刘副县长被关进去了他找不到，他将钱送到了我们县政府办公室，还让我们开了收据，你说，这钱，我们怎么办才好啊……”

我拿着电话，没有出声。因为，我也不知道将这钱怎么办才好。

（入选四川省内江市高中2015届第五次模试考题语文试题）

点石成金：

男孩清水，“清水”，如水样清澈。做人啊，就要清澈如水，身子立得正，才能走得远。

家境并不好的男孩清水，不乐意接受贪腐副县长的资助，靠自立终于退还了资助款。写人物，有时故意选择写人物看似反常的行为，更能突出其性格。

董平柏老师

董平柏只是我的阅卷老师。20世纪80年代末，我在县一中读书那会儿，董平柏就在县一中做老师。但他没有给我上过课，只是在每次的月考试卷上交后，老师们集体流水阅卷时，他应该是阅过我的试卷的。

我们学生都认识董平柏，他像只有一套西装似的，见到他的时候，他总是西装革履的。西装是深黑色的，大红的领带，很是耀眼。只是衬衫不是那么洁白，灰不溜秋的，像狗肝颜色。这让我们都记住了他。

我确实没见过他上讲台。我是语文科代表，常常进老师办公室送作业。我进办公室的当儿，好多老师都进教室上课去了，就只剩下了董平柏一个人伏在一个靠墙的桌上写着什么。我打报告进去的时候，他头也不抬地说一声“进来”。我问过班上的好多同学：“董平柏老师为什么不上讲台讲课呢？”知道根底的天平说：“知道不？董平柏只是县水利学校毕业的，中专学历，能在这省级示范高中做老师吗？我们就都说，那肯定是不行的，得有大学本科学历才行。”

我高中毕业后进了大学，一年暑假我回到高中母校看望老师时，就看见校门前的名师榜上，有一张董平柏的大照片。想不到，董平柏成了名师了。那照片，还是黑西服、红领带、灰衬衫，衬衫明显干净得多了，那样子似乎更潇洒了。我正疑惑着，在学校旁的单身教师宿舍前见到了董平柏那熟悉的身影。他三口之家挤在那间单身宿舍里，房门没有关。正是中午，他的爱人和三四岁的女儿在床上睡着了。房间里没有蚊帐，他就坐在床边，拿着一把芭蕉扇，替那母女俩扇着风，驱着蚊子。他空出的左手上，拿着一本线装书，就着昏暗的光线，他正在津津有味地看着书。隔壁的宿舍里，正在播放世界杯足球赛，不时地传来阵阵呐喊声。

大学毕业后，我回到母校任教，和董平柏成了同事。我报到的当天，和他亲热地打招呼，不想他却不大理会。他正忙得满头是汗，拆卸了几台收录机，也不知他在鼓捣着什么玩意儿。第二天，他拉过我，“欢迎你来啊，送你件礼物，是一台电视机哩。”我一看，就是他昨天鼓捣的玩意儿。一插上电，玩意儿里跳出了人影。这个董平柏老师，居然自个儿做了一台电视机。

然后我就知道了他恋爱的过程。他的爱人娟子，是他从情敌刘小天手中抢过来的。之前，他、娟子，还有情敌刘小天，都是同学关系。娟子先是和刘小天交往，两人到了谈婚论嫁的地步，居然被他给挖了墙脚。挖墙脚的行动只一次就成功了。当时我们在大学都还不知道怎么过情人节时，他用一个月的工资过了回情人节，全买了红色的玫瑰送给娟子。那晚他在娟子的门前等了一宿，送出了玫瑰，换来了爱人。

他家的洗衣机坏了，会做电视机的他居然不会修，请来了学校物理组的吴老师帮忙。吴老师一上完课就来了，饿着肚子，拆卸，安装，忙了两个多小时，替他家修好了洗衣机。他呢，坐在一旁的小凳上，手中拿着一本《中医理论基础》，正钻研哩。吴老师说修好洗衣机了，他说“好，好”，又说：“你知道不？我家是中医世家，我能给你瞧病呢。”吴老师说要走，他拦住了：“别，别，你替我修好了洗衣机，我得给你特别待遇。”吴老师心想，这下肯定会邀几个同事去餐馆撮一顿，就在一旁等。董平柏不慌，搬了把椅子，让吴老师坐下。他又慢慢地用温水洗了手，搬过一个长盒子，从长盒子里小心翼翼地拿出了一把京胡。他坐下，悠悠地拉起了京胡名曲《夜深沉》。曲声婉转，时而飞扬，时而低沉。吴老师坐也不是，站也不是。董平柏沉浸在他的京胡声中，陶醉了……

我在县一中上班的第二学年，就不见了董平柏。一问，才知道他已经调到省城最好的一所高中去了。那年十一月，学校派我到省城学习心理学，是一个硕士研究生班课程，我不情不愿地去了。不想，就在培训班的第一排，我看见了董平柏。他见了我，很是热情，说："做老师的，学学心理学肯定是有好处的。这次学习我是自费来的，你知道我为什么学习心理学吗？我也学中医，常常觉得，人的好多疾病，不是用药来治好的。心病啊，就得用知心话来医才好啊。"说完，他哈哈大笑，快五十岁的人了，像个孩童一般。

今年县一中要举行百年校庆，我联系上了他，请他回来参加校庆。电话接通了，他手机里传来嘈杂的声音："校庆啊，我一定来。我现在正在北京挤公共汽车呢，呵呵，我正读博士哩……"

今年校庆时一定能见着他的。

我又想起来了，董平柏是教英语的。

书摊老郑

我是习惯逛下书店的，几乎每个周末都要去看看。

但我的心里更喜欢在书摊边转转，就像想要吃顿饭，我喜欢走进路边的小餐馆而不去所谓星级酒店一样。书摊上的书，是旧书，却更吸引着人的目光。

三年前的一个周日下午，我要到我工作的学校去取点资料。走过学校门前的小书摊，一个声音叫住了我："陈老师……"

声音不算大，却是清脆。我站住了，回过头来。是小书摊的摊主，他在叫我。

我点了点头，算是打了招呼。因为，我不认识这位摊主哩。

"陈老师，我卖过你的小说，《父亲的爱里有片海》，上周末卖了好几十本了。"他又说，话语比刚才急一些，脸上微笑着，有些激动的样子。

就这样，我认识了这位小书摊的摊主。

他的书摊并没有用板凳和木板支起来，只是在水泥地上铺开一张厚厚的广告胶纸，然后，将书一本一本整齐地摆放在广告纸上。他摆放书的样子，像极了正在为佛祖上香的香客，一脸的虔诚。虽然，他书摊上的书全部是旧书。

“这些书，大多是我从旧书堆里淘出来的，我收的是废品的价格，我卖出的价格也不高，一般的书，也就二三元一本，稍好一点的，也不过五元一本。”他向我介绍。

我因急着有事，就没有和他过多的搭话。见我要走的样子，他说了句：“陈老师您去忙吧，我是个没有事儿的人哦。”

那一天，我其实没有和他说一句话，但是，我记住了他摆放书籍时虔诚的样子，记住了黝黑的脸和脸上朴实的笑。第二天，我问了问上了年纪的同事罗老师，罗老师告诉我说：“这个老郑啊，当年还只是小郑呢，二十多岁就开始鼓捣这旧书摊，如今也有二十年了，成了老郑啦。”

“那他应该还赚钱不少吧？”我有些世俗地问了问。

“几本书，能赚钱吗？不过混个生活罢了，当年的旧书摊有十多家，如今这县城里只剩下他这一家了。你去过他的家吗？十年前他的弟弟出钱帮他修建的一栋二层小楼，楼上楼下全是旧书。”罗老师的话多了起来。我知道，罗老师爱人的娘家就住在隔壁呢。

以后的每个周末，我都会留意校园围墙边的那个角落，因为，那儿会出现老郑的书摊。他的书，是用小电动三轮拉来的。有着各种各样的旧书，古今中外的都有。更多的是课本，高中生用过的课本。我有事没事就和他说话。他说：“这书啊，我也是有选择的，有些书，就算是大作家的作品，但是不适宜高中学生读的，那就不能给学生们看了。至于那些旧课本，我有意地每年高考之后向毕业的学生们收购一些，后来的学弟学妹们，肯定有丢失课本的啊，他们就来找我，我呢，就2元钱一本给他们，算是个课本中转站吧。”

我在老郑的书摊也淘书。《金瓶梅》《李笠翁小说十五种》《东周列国志》《荆州地名故事》和张潮《幽梦影》等十多本书，就是在他的书摊上淘到手的。

我有段时间专门研究梁实秋，他一下子找到了八本有关梁实秋的书，轻轻敲开了我办公室的门："陈老师，我问了好几个人，才找到你的办公室呢。"他的右手，将那几本书紧紧地抱在怀中，满脸的真诚。

"陈老师，这个《金瓶梅》不是最好的版本，等我找到最好的版本了，再来给你。那个李笠翁，写诗词写得好，小说也写得好，你那本《李笠翁小说十五种》是本好书啊。"进到我的办公室，老郑谈到书，话更多了。时不时，他还会顺口引用几句古诗，让我心内一惊。

有一次，我经过书摊时和他打招呼，却没见到他的笑脸。老郑摆好了书，一个人傻瓜一样地坐着。我猜想应该有点什么事儿了。果然，他说："我的弟弟在省城开了个公司，也算大，让我去帮他做点什么文字工作，我的研究生毕业的女儿，也坚决反对我再摆书摊，我和他们都吵架了，他们都不理我了，一个是我亲弟弟，一个是我亲生的女儿啊……"

那天，他的书摊收得早，我便和他在学校对面的小餐馆，吃了顿饭。极少喝酒的他喝了酒，他说："陈老师，我可能不会再出摊了，真的……"

可是，老郑的书摊在下一个周末又摆出来了。见到我时，他像有些不好意思一样。上个周末，我又在他的书摊淘书，挤在学生们的中间。老郑就笑我："你是个有意思的老师呢，和学生挤在一块儿买书。"

我笑了笑："你才是个有意思的老郑呢。"

他黝黑的脸上，全是笑。

［入选《读者》（校园版）2019年第8期］

点石成金：

老郑是个卖地摊书的，但他又不只是一个“卖书的”。他有赚大钱的机会，他不去；他也可以不用卖书而生活得更好；他更懂得各类书的不同版本，算是精通自己的业务。爱书之人，自有其性格，自是懂得生活之人。如“我”，如老郑。

写生活中的小人物，学会抓住其性格的多面性，写出一个“有趣味”的人物。

兰亭序

王家有墨宝，名曰《兰亭序》。这《兰亭序》，当然不是王羲之老先生的真迹，亦非后世欧阳询、冯承素等大家的摹本，大约是明朝时期一位王姓书家留下的墨宝。

这些话当然是如今王家的主人所说。王家主人王平，也是读过几本线装书的人，说起文人的轶事，滔滔不绝。能说会道让他成了一个小生意人，经营着自家的小副食店。家中的《兰亭序》，是他王家祖上传下来的。爷爷传给他父亲，七十六岁的父亲在弥留之际才将这宝物传与他。想想也是，即便是明朝的一张纸片，到了这20世纪80年代，也算是值钱的文物了。更何况，是《兰亭序》，还是王姓祖人书写的。

这祖上传下的《兰亭序》，肯定是王家的传家宝贝了。

成了小生意人的王平，没能够写上毛笔字，成为王家书法的传人。他将希望寄托在了儿子王如飞身上。王如飞才十岁，读小学四年级。练习书法，得从小做起。事不宜迟，刚上小学四年级的王如飞，被父亲王平请到了新买的大方桌边。大方桌上，笔墨纸砚俱全。大方桌正对面，传家宝《兰亭序》挂在墙上。

他让儿子临摹《兰亭序》。

儿子王如飞也不反抗，写写毛笔字，总比干巴巴地做作业强多了。做完老师布置的作业，拿起一旁的大毛笔，可以自由地横竖运笔，王如飞似乎如鱼得水一般。练习完基本笔画，王平就让儿子学着临摹《兰亭序》。临摹了两个多月，有些样子了。这一天，儿子王如飞带回了班上的同学李丁，两人一块儿做作业，做完了作业，两人一块儿临摹《兰亭序》。才过了两周，李丁做完作业临摹了字帖回家之后，王平叫过了儿子："如飞啊，知道你这同学李丁来做什么的吗？"儿子摇了摇头，一脸茫然。王平就拉过儿子，说，我给你讲个故事吧。

故事说的是王羲之老祖宗的《兰亭序》。传给七世孙智永和尚，和尚没有子嗣，传给了最得意的弟子辩才和尚。辩才和尚严严实实地保护着《兰亭序》大宝贝。这一年，他结识了一个落魄书生萧翼。萧书生每日与辩才饮酒赋诗，弈棋游乐，好是投缘。几月之后，两人醉了一场酒。酒醒之时，萧书生不见了，墨宝《兰亭序》也不见了。原来，这萧书生正是当朝天子李世民派来赚走宝贝之人。

儿子听到这里，就懂了大意："爸，你是说，我同学李丁，他不是来和我一同做作业练书法的，是来偷取我家的宝贝的？"王平摸了摸儿子的头，竖起了大拇指。

但是，不能拒绝同学李丁来做作业的热情。李丁是学校李校长家的孩子，李丁要来，王如飞当然同意。只是，每天傍晚，从做作业开始，王如飞的心就挂在了那幅《兰亭序》上。等到临摹时，王如飞的眼也就盯在了《兰亭序》的每个字上，他担心，李丁会在哪一刻偷走他家的传世宝贝。那个李丁呢，像没事儿的样子，潜心书写着每一笔每一画。可是，李丁越发静，王如飞就越觉得他来偷宝贝的可能性更大。有时，做着生意的王平也不放心，就进到书房里，看两个孩子练习书法。其实，他也是担心着，这个李丁会有什么主意拿走家传宝贝。

王平想过取下那幅传家宝贝，但他没有，一则自家的儿子要练习，二则前不久李校长打电话来了，感谢王家提供了场所让儿子李丁做作业练习书法。他觉得，自己犯不着得罪李校长，儿子也犯不着和同学李丁关系闹僵。他俩在一块儿练习就练习吧，只要我和儿子多一只眼睛就行了。

王平和儿子王如飞的眼睛，一双长在了自家书房墙头的《兰亭序》上，一双长在了人家儿子李丁身上。李丁呢，每天，认真地做完作业，然后全身心地投入到《兰亭序》临摹之中。

时间飞快，王如飞和李丁就要进入中学学习了。一脸惊讶的儿子王如飞拉住爸爸王平："你说，李丁不是瞄上了我们家的墨宝吗？这三年了，为什么我们家的宝贝还是挂在我们墙上纹丝不动？"王平一言不发，好久，才说："你看，他不是没有偷走我们家的宝贝吗？"

这一年八月，全省中小学生书法大赛作品展在省城文化宫举行。展览大厅的正前方，悬挂着一幅新近临摹的《兰亭序》，行笔生动，气韵流畅。细看，墨色如烟，跃然纸上，摹写精细，牵丝映带，纤毫毕现。数百字之文，无字不用牵丝，俯仰袅娜，多而不觉其佻，其笔法、墨气、行款、神韵，像极了王羲之原作之风貌。画作的落款处，附上了小小的"李丁"二字。

王平和儿子王如飞站在画作前，沉默了很久。王平这才想到了儿子王如飞的书法水平，前天也临摹了一幅《兰亭序》，他实在不敢启齿。

他拉过儿子王如飞，口中喃喃："李丁偷走了我们家的墨宝了，李丁偷走了我们家的墨宝了……"王如飞满脸的迷惑："没有啊，我们家的《兰亭序》不是还好好地挂在我们家书房的墙上吗？"

向湖心扔一颗石子

每周五的下午最后一节课，是我们最自由的时光。

在这短暂的时光里，我们女生可以坐在学校月牙湖边快乐地说笑，可以偶尔向湖心扔一颗石子。然后，我们一起看着小石子荡起涟漪，一圈圈，慢慢地荡漾开来。

刚刚进入高三年级，离高考也不到一年时间了，学校为了缓解我们的心理压力，故意让这一节课由学生自己处理。也有同学在教室里拼命地做题，我觉得用不着。我林子怡就不那么拼命，成绩也是全校前十名呢。

那些男生们呢，篮球场自然是他们的好去处。篮球场其实离月牙湖不远，那三分投篮时刻，我们可以清晰地听到女生们尖叫的声音。篮球场上没有我看好的明星，我是没有兴趣的。今天的化学测试我居然拿了个满分，我向湖心扔出了一颗小石子，发出了“嗵”的一声。那石子圆圆的，像颗可爱的汤圆。

我可爱的汤圆荡开的涟漪还没散开，另一颗石子又落在了它的旁边。

“是谁这么不知趣扔出来的啊？”我大声地叫着。

那石子是从我的身后投出去的。我一扭头，看见了一张男生的脸，方正的国字脸，显得刚毅。那脸有些白皙，渗透出三三两两的青春痘。他抱着一个篮球，身高应该超过了1.75米。

“是我。柳天一。”他说，很清楚地吐出了几个字。

我这才想起学校光荣榜上，那榜首的名字“柳天一”，原来就是这个家伙啊。

我随手又捡起一颗小石子，向湖心拼命扔去，远远的。

柳天一抱着他的篮球跑向了球场。我记住了他的那张脸。

那张脸在高三（1）班，我在高三（4）班。下课的时候，我就会张望窗口，看是不是有那个身影从走廊经过。我有事没事就去高三（1）班走走，找找我的初中同学李兰，和她有一句没一句地说说话，眼睛却搜寻那张熟悉的脸。

我从超市里买了女孩子们觉得最芬芳的洗发水。我要让那张脸感受到我气息的存在。

课间操，我们两个班级相隔不远。他站在我后边三排，左右间隔六行。以前的课间操，我是滥竽充数的一个人。如今，我几乎是班上做课间操做得最标准的一个。

我也成了篮球场边的优秀啦啦队员，再有三分球的时候，我也会大声地尖叫。那张脸就只是一个弹跳投球，我也会提前叫好起来。

每周五的下午，我照样去扔石子。我会挑选最圆最漂亮的小石子，朝月牙湖心慢慢地扔。我知道我在等待那张熟悉的脸出现。

这次月考之后的光荣榜，我是第一个跑去看的。榜首仍然是那个熟悉的名字“柳天一”，我的名字已经落在了第三十六名。

但是，有时是控制不了自己的。我仍然用那种芬芳的洗发水，我依旧穿漂亮的裙子，我还是会在窗口搜寻那张熟悉的脸。

就在星期一，我居然与那张熟悉的脸相遇了。在上教学楼的二楼楼梯口，他穿着一条破洞的牛仔长裤，脚下却是一双人字拖。拖鞋与他的赤脚撞击着，发出刺耳的声响。我甩了一下我的头发，将我的头扭了过去。

星期三，我又看到了他，柳天一。在放学路上，他在我前边走着，仍然趿着人字拖，那右手，似乎没有洗，伸出了食指，用力地抠进了他的鼻孔。我往回走，我不想再看。

我又开始潜心我的学习。我不再选用那种芬芳的洗发水，我不再向窗口寻找什么，我不去篮球场做啦啦队员了，我穿起了我喜欢的校服。

我几乎忘记了柳天一是什么样子了。

就在昨天，高考之后的第二个月，我收到了北京一所重点大学的录取通知书。

我开心地向老爸老妈报喜，老爸请我外出吃大餐，说：“真好，我们家里有这么优秀的女儿。我想问一下，北京这所重点大学是不是在你们学校至少录取了两人？”

“您怎么知道有几人呢？”我反问。我确实不知道这所重点大学在我们学校录取了几人。

“是这样的，”老爸慢慢地说，“今天上午，有人打给我一个电话，问我们家女儿是不是被这所重点大学录取了，他说他自己也被这同一所大学录取了。”

“然后呢？”我追问。

“然后，我问他是谁。他说，我穿过破洞牛仔裤和人字拖，还有，我还认真地抠过鼻孔。我听了，真是莫名其妙了。”老爸说。

我笑了起来。我知道是谁了，我知道是怎么回事了。

“我也莫名其妙。”我说。我不再说话，和老爸老妈开始吃大餐，我再没有一句话。

第二天是星期五，下午的时候我到学校去，在月牙湖边，我挑选了一颗最漂亮的带着玫瑰色的小石子，用力地投向了湖心。学校正放暑假，校园里并没有人。

那颗漂亮的小石子，画了一道美丽的弧线，轻快地落在了湖面，荡出一圈又一圈的涟漪。一会儿，湖面又平静得像面镜子了。

点石成金：

每个青少年的成长都是有着自己的情感故事的。有故事并不可怕，重要的是能够用正确的态度来对待。“我”是女生，欣赏男生柳天一，“我”的成绩下滑。但优秀的柳天一并不理会我，甚至表现出出格的举动。“我”不再欣赏他，考上自己喜欢的大学。最后明白，这其实是柳天一刻意为之，想着帮助“我”，他已经报考了和“我”同样的大学。

一段美好的情感，正如向湖心扔一颗石子，值得回忆。

走进青春

亲爱的小菡，你好。再过几天，你就要进入十八岁了，老爸还是给你写几句话吧。

你夏天出生，我为你取名“菡”。菡者，菡萏也，夏天最美丽的花，亭亭玉立，清香扑鼻。因为有你，我们的家庭总是弥漫着幸福，散发着快乐。

才两三个月大的你，晚上熄灯了总会睁着圆圆的眼睛跟着手电筒的光柱转个不停，人啊，与生而来的是向往光明。十四个月大时，坐着小板凳的你，忽然站了起来，居然学会了自己走路，虽然小心地迈着自己小小的碎步，但是，在爸妈的眼里，这是你人生的第一步。你，总是笑呵呵的，充满着童趣。一岁九个月时，你刚刚学会说话不久，爸妈工作忙，你就上了幼儿园，背着个小书包，书包里什么学习用品也没有，每天装点小零食，一个人偷偷地躲在幼儿园小后院里吃着。一瓶娃哈哈，你喝完只要五六秒钟，还会时不时地摇一摇。等到你正式上了幼儿园，我们的工作更忙了。常常，我去幼儿园接你回家时，只有你一个小朋友在幼儿园门口等着，但是，你总是笑嘻嘻的。那年六一儿童节，你穿着仿清廷格格的衣服拍了张照片，高兴得手舞足蹈。

上了小学，你更加聪明伶俐。跑起来像只小兔子，好多小朋友也难追上。

你学什么会什么。刚买不久的儿童自行车，才骑了几天，你就让老爸将那辅助作用的两个小侧轮取下了，因为你能够自由骑行了；转呼啦圈比赛，几个比你大的小朋友都成了你的手下败将；跳橡皮筋，你从来不做“拖尾巴”，帮着那一个个落后的小组；去长阳清江旅行时，你最小，才六岁，但你跑得最快，总是走在旅行队伍的最前头；你还会弹奏电子琴，在一次文艺晚会上你还表演过《洋娃娃和小熊跳舞》哩。但是，你也有粗心的时候。小学二年级数学老师请你帮着收资料费，收上来的五十多元钱，放在教室里，却不翼而飞了；一次老爸给你去买零食的五元钱，一下楼，那钱却不见了踪影。你也有淘气的时候。你在老家玩耍时，跑到很远的一个幼儿园里，奶奶动用了好几个人才将你找到；你将妈妈的一条珍贵的围巾，剪裁成了你的小布娃娃的装饰品；你在外公的阳台上，用火柴点燃了报纸，看火烧得大不大。

初中时，学习压力大了些。你每天坐着校车到学校，每天背着大量的作业回家。你开始投身到题目的海洋之中了。但这也难以扼制你快乐的天性，湖南台《快乐大本营》你每周照看不误，初三时你居然偷偷地用自己的压岁钱买了一部学生手机。其实啊，爸妈也没想着给你多少学习的压力。只要你快乐，就是我们的快乐！进入了高中，你的学习压力更大。老爸老妈总是想着帮你缓解学习压力。文理分科时，老爸老妈潜意识里希望你选择理科，和你谈了许多。但是，你最后选择了文科。从这一天起，我知道我们的女儿长大了。高中的学习，我和你探讨一些学习方法，我帮你制定一些学习计划。几乎是你上学的每一天，老爸总是陪着你上学陪着你放学。你还记得老爸为你制作的《每周学习安排跟踪表》《小菡成绩冲刺记录表》吗？你应该还记得老爸帮你贴在床头的几条温馨提示语：明确目标，注重效率；因为自信，更加美丽！

这些年来，我每年都用相机记录下来你的一些生活片段，这是我们最美好的回忆了。

前几天，你在高考考场里浴血奋战。高考，是一个人人生最美丽的涅槃。尽管有人诟病着高考，但是，人生缺少了高考就缺少了一份磨炼。这几天，我陪着你，目送你走进高考考场，又将你从高考考场里接出来。看着你红红的脸，看着你浅浅的笑，看着你小小的怒，我心里高兴着，因为我知道，经过了高考，你会慢慢地成熟，慢慢地长大。我试着帮你缓解压力，我试着帮你渡过一次又一次难关。可是未来的日子里，肯定还会有一次又一次的难关来袭，你准备好了吗?

作家余华说：十八岁出门远行。你的十八岁就要到了，你做好出门远行的准备了吗?

人生本来就是一次远行，你得准备好你的行囊。

你不是富二代更不是官二代，你所拥有的是你本身的优秀品质。我们都是农民的孩子，黑色的皮肤上写满了朴实。朴实，这种美好的品质，希望能陪伴你一生。就像乡间的栀子花，没有华丽的颜色，却芳香长久。

你要永远懂得尊老。百善孝为先。你要尊敬自己的父母、自己的祖父母外祖父母以及天下人的尊长。无孝，不成其为“人”。以后你离家的时候太多，有一点时间，多回家看看自己的亲人。有了孝，你才笑。

你有自己的聪明与才智，加上你的勤奋，你会自然地拥有自己的学业。古人贵“朝闻夕死”，何况正值青春的你呢？你要思考你未来的方向，思考你的人生之舟驶向哪片港湾。

你没有倾城的容颜，但是你可以拥有自信。自信，可以让自己更美丽。

你要学会独立。独立面对社会，遇事不慌，冷静思考问题，细心解决问题。

你也要懂得一些人情世故，学会与人交往。生活在真空中的人，他的心也会空掉。

你还要学会与人相处，尤其是与异性朋友相处要懂得界限和分寸。闲暇的时候，不妨学学打扮的艺术。

你的行囊里终将收获你的爱情与事业。那是几年之后，你幸福的另一片天了。

就像一只羽翼刚丰的小鸟，你就要飞出鸟巢，去寻找自己的一片天地。那片天地里，有青草阳光，也有暴风骤雨。相信自己吧，孩子！亮出你的聪明与勤奋，带上你的朴实与自信，你的那一片天地一定更精彩！

（入选初中语文阅读素材《漫阅读》）

点石成金：

这是一封爸爸写给女儿的信。爸爸的心里，是爱着女儿的，他告诉女儿姓名的来由，告诉女儿面对十八岁要处理的问题，给女儿以生活的鼓励。看似啰嗦，实则充满着爱心。

书信的形式，让阅读者乐于接受，也便于写作者抒情。

面筋铺子

这是一条学院街。学院街的尽头，有一家烤面筋铺子。

铺子小，不过七八平方米。但，每天人来人往，面筋生意特别好。

来吃烤面筋的顾客，大多是大学生，或者说全部是学院里的学生。有穿着裙子的女大学生，一笑，让人觉得这世界全都灿烂。有打完篮球的小伙子，一只手不停地擦着额头的汗水，另一只手却接过烤好的面筋放进了嘴里。还有一对一对情侣，男孩拉着女孩的手，男孩慢慢地将面筋送到女孩子的嘴边，看她吃。女孩有些腼腆地笑着，男孩不停地说："吃啊，好吃呢。"

铺子的老板和员工，都是一个人，也只有一个人，一个看样子不过二十出头的小青年。小老板站在一群大学生的中间，就像他本来就是他们的一员，分不清哪个是小老板哪些是大学生了。小老板不停地烤着面筋，从上午十点多，一直到凌晨一二点。大学生们见到他的时候，就只见到他在烤面筋。就像一个做好的雕塑一样，小老板重复着他烤面筋的动作，加面筋，烤面筋，加佐料，递出去。

小老板是有名字的，有人问，他也说了好几次，但是大学生们都忘记了。大家都叫他"面筋"。小老板不生气，这样叫也好，不是免费做了广告吗？

但这个面筋也不大像雕塑，因为他爱笑，会发出笑声呢。他烤面筋时戴着口罩，可是，人们仍然会时时听到他的笑声。他几乎记得来他铺子里消费的每一位顾客。他会和他们聊学习，问一问上次补考的男生是不是过了，聊一聊那个东北的小妹妹家离俄罗斯有多远。说着说着，他就有了笑声。开心起来，他就会大笑。他是不用一个一个收钱的，学生们都知道烤面筋的价格，自觉地将钱投放在他的钱盘子里。小老板是用个盘子在收钱，如果要找零，也是学生们自己处理。

熟识的大学生也爱和面筋说话。有好几个人问过他一些问题，工商学院的大男生平，音乐学院爱唱歌的雯，师范学院最爱吃烤面筋的林子，都问过他的经历，说为什么来这儿烤面筋啊，每天能赚多少钱啊，烤面筋有哪些技巧啊，什么时候能找女朋友啊。面筋也会一次又一次地笑着回答。他说他高中毕业，没有考上好的大学，正好家中的两个妹妹也要上学，当时一个上高中，一个上小学，他索性就出来干活了。他说，烤面筋当然赚钱啊，生意好的时候一天可以赚上一千多元。

这面筋也会时不时地问大学生们一些问题。问他们晚上什么时候睡觉，每天消费多少钱，每天的学习时间大概有多长。问他们函数题目解题时要注意些什么技巧。还问什么年龄谈朋友最美好。大学生们有时作答，有时哈哈一笑。但这时的面筋却不笑了，他的抽屉里有好几个本子，他在上边不停地记录着一些什么。

时间总是流动的。小老板面筋在这个小铺子送走好几届学生了。

又是九月，一个新学年到来。最爱吃烤面筋的林子来了，他已经是大四的学生了。他一气儿接过了十串面筋，愉快地享受着。睁大眼睛一看，是那个工商学院的平递给他的。

“怎么？你来给面筋帮忙的吗？”他问。

“我成了这烤面筋铺子的老板了啊，以后请多多照顾生意。”平笑着说。

“小老板面筋呢？”

“他，名儿不叫‘面筋’，他名儿叫‘李三省’，将铺子转让给了我，他不是今年成了你们师范学院的大一新生了吗？”平说。

“还有，那个最爱唱歌的音乐学院的雯，据说成了他女朋友呢。”平又补充说，一本正经的样子。

爬山虎

我常想起旧居的那一片爬山虎。

说是一片，似乎有点夸张的意味。就那么一株，几枝茎秆，些许小叶，没有密密麻麻，更没有“千树万树梨花开”般的韵味。夏天还好，有那么几许绿色，不刺眼，看了倒也让人舒服。春秋时节，叶子淡黄淡黄，一副病态。而到严冬，更如大病的老妪，茎是她枯瘦的骨，飘零的几片叶正如她瘦弱的躯体在寒风中颤抖，增了几丝悲凉。

住进旧居正值夏日。旧居是我外婆生前的居住处。在那儿，每天谁都把门紧闭着，谁也不认识谁，更不用说谁了解谁。我们三口之家则是因为我和妻工作无着落而暂居于此。

“爬山虎！”小女最先看到爬山虎，喊道。心绪不好的我和妻没有应答，无动于衷。

第二日，下了一场大雨。大雨过后，小女急急把我拉到墙角，说：“爸爸，你看这爬山虎受伤了，它疼吧？”的确，一场暴风雨的吹打，使它原来不多的叶翻了过来，前行的蔓也耷拉下了头，一副失去生命力的样儿。

“看样子它是死去了。”对花草绝无经验的我不理小女的问话，说，“把它扯掉算了。”

“别……”小女急说，“你看它多可怜，它只是生病了，一定会好起来的，一定会爬得老高老高。”她一副充满信心的样子。

我不再难为小女，其实，这爬山虎的存在对我们是绝无妨害的。

过了几天，果然，经过一场磨难的它恢复了原样，叶又绿了，又开始向墙上边爬动了。

我惊叹于它顽强的生命力，便和小女一样，开始每天都来看护这爬山虎。我们找来小铲，给它松土；小心地翻动它的叶，为它除虫。我们更仔细的是观察它的脚，这是些真如壁虎脚般的脚，紧紧地吸着墙面，越是凸凹的墙面越是吸得紧，支撑着它的身体坚定不移地向前进。

“它每天向上爬不少呢。”小女像发现新大陆似的说。她又找来粉笔，让我在墙上做了记号，说：“明天，它一定会比今天爬得更高。”

我感动了，为小女的稚语，也为爬山虎坚韧的上进精神。这对于无业的我，无疑是一种充实，更是一种力量!

不到一年，我和妻都找到了工作，要搬家了。我们也依依不舍地和这株爬山虎告别。小女拉着我们说：“到了新居，我们在墙角也栽株爬山虎，好吗？”我和妻都点了点头。是的，我们一定要栽一株爬山虎，为可爱的还不谙世事的小女，更为着在逆境中站起的我和妻。

爬山虎，永远向上的爬山虎，给人以向上的力量，给人以顽强的精神。你给予我的，是任何一位良师诤友的馈赠都难比的。

月季花开

我爱花，尤喜月季。

朋友送我一盆月季，说给我的生活增添点高雅情趣。我很是欢喜。记得儿时，我总盼着有一盆自己的花，可以天天观赏。无奈总不得手，偶尔也不过采摘朵牵牛花拿着，虽欢喜也觉不雅。再则驻足生物老师窗前，看他养的两盆月季，或含苞或吐艳，这朵炫目那朵含羞，煞是有趣。

而今，我终于有了一盆属于自己的月季花。小心翼翼地将它放到干干净净的窗台，认认真真地欣赏起来。这盆月季都已绽放，如张张孩子的笑脸。微风吹过，又如袅娜的白衣舞女。而绿得发亮、绿得刺眼的叶，不是抚摸孩子笑脸的慈母的双手，就是飘逸的白衣舞女的俏俊伴郎。

接连几天，我每天都要仔仔细细地欣赏欣赏。欣赏之余，有了一种感觉，花也便只是花，欣赏而已，哪有友人说的高雅情趣？我不禁迷惑了。那花也像知道我们心思，在暗暗褪色。

紧接着我出差半月，搭车便走。待我归家时，花盆中的月季已凋谢。花瓣不见了，绿叶不见了，茎秆也显得枯萎，在风中瑟缩。我急忙找来友人，友人说我没管理好，水都不浇，它咋活下去？他提了提茎秆，说倒还能活。

于是，日后我就这盆月季的事忙起来。

我找来小铲，把花盆的土松了松，小心得很，怕弄坏了它的根。然后浇水，慢慢地喷，不多，也不少。尔后，便守在花盆旁边，真想看到它立即长出绿叶，开出鲜花。可几天过去，天天浇水，适量施肥，仍不见长出新芽。我仍旧浇水，终于，在一个雨后的清晨，我看见了几片刚伸出脑袋的叶子，淡黄淡黄的，叫人喜爱。而我呢，比友人送我这盆月季时还要高兴。于是每天上班下班，我第一件事就是看看这盆月季，真希望它开出那妖艳的花儿。

又一次花期到来时，这盆月季开花了。花不太大，白色，但不如上一次洁白，如染上了一层淡淡的苍白，被绿的叶子托着，如一年轻的产妇抱着她的乳儿款款而立。在她的脚步里，我闻到了一股清香，一股醉人的清香，直渗肺腑。

我明白了友人高雅情趣的含义。

一盆花，送到眼前，再美丽也不过欣赏而已。只有经过自己培育的花，即使不那么艳，哪怕它显得那样瘦小，也是值得欣喜。

世间万物何尝不是这样。顺手拈来的完美不一定完美，而自己创造的，哪怕只是如一叶花瓣，甚或是一次小小的失败，那也是一种幸福。人生旅程，不要过于在乎成败，真正的喜悦与幸福是在跋涉的路途。

一路芬芳

从我家到我工作的学校，不过三四里。

就有了那么一条三四里的小路。

我走着去学校，我走着回家。每天。

路是水泥路，硬硬的水泥路。时不时地会有一辆小汽车“呼”地蹿上前，也会有载满石子的大货车咆哮着向前冲。

但我走我的路。路的两旁，总是散发着满鼻子的芬芳。散发着芬芳的是一株又一株生长着的植物。青翠欲滴的是一大片又一大片，还有紫红色、淡黄色、深青色……俨然一幅精美的水彩画。

最诱人的是那矮矮的栀子花树。一年四季，它的叶子总是青绿青绿的，叶片上总是闪烁着逼眼的光泽。我的故乡也是常有栀子花树的，比它高大，叶子会枯黄而落。花香却是一样的。四五月间，栀子花树就成了那娇羞的少女一般。只是一场雨过后，花蕾就如那胸脯一样，饱胀起来，丰满起来。要是一阵清风吹来，那缕缕的清香，就从紧闭的蕾尖泻了出来；也许会吐出一袭儿白色，那是真要盛开的前兆。

走在小路上，我有时也想着些杂事，乱得如一锅粥样，闻着这清香，就理出了头绪。然而，矮矮的栀子花树也就那么一小片，我真要感激那种花使者了。

有时，我会构思我正在写作的小说情节，走着走着，就走回了家。

路旁也有不知名的小花，夹杂在青草间。一阵风过，像眨着眼睛一样。有蜂蝶飞舞着，花儿肯定是它们最好的家园了。有香樟树立在路旁，并不高大，总是像老朋友样等着你的到来。那如一座座鸟巢样的树冠，几乎就是个大大的香囊。有人走过，就会释放出大口大口的香气，偷袭你的鼻子，让你不由得放慢了脚步。

有小块小块的菜田，每块不过二三平方米，却也演绎着四季之歌。有的会种上豌豆，那花儿开了，暗紫带白的颜色，没有浓香，却带着泥土的气息。我记起乡下的母亲，曾喂养叫着“豌豆花”的母鸡，那鸡的毛色，和这暗紫带白的小花真是一样呵。花开了不过一个月，就会有青翠的果儿露出脸来。等上几日，你会情不自禁地凑过去，摘下几颗果实来品尝品尝。不必担心，肯定不会有人来轰赶你的，因为，你的光临是对菜地主人的赞美。那果实，我们叫它“豌豆巴果”。乡间，也常有这样的鸟儿叫着，“豌豆巴果，豌豆巴果”。有人说，它在叫“阿公阿婆，割麦插禾”，是在劝人们要勤劳吧。

我也见过这小块小块的菜要换季的时候。蒜苗枯萎了，得一束一束地缠起来，如日本少妇的髻。这是不能丢弃的，因为下头还藏匿着大个大个的蒜头。地空出了一些，就会栽上辣椒苗，或者种瓜，瓜蔓伸着触须，开始占领自己的领地。还有豆苗，三五棵挤在一起，热闹地伸长脖子向上生长。

小路上也是有怪异之景的。醉酒的汉子在小路上呕吐，似乎要吐尽人生的苦水，然后撕心裂肺般痛哭。黑夜时，也有肥硕的老鼠溜出来，向前猛地冲刺，吓人一跳。

我是没有一丝恐惧的。前边不远处，就有我可爱的学生们，我早已听到他们的琅琅读书声了。

小路不长，却颇有几道弯。也许正因为多了这几道弯，走路也就多了些情趣。走在香樟树下，时不时地，我会蹦跳着，揪下一两片叶子，放在鼻尖闻闻，小孩子一般。

我走着去学校，我走着回家。每天。

每天，一路芬芳。

第二辑

请你坐下喝杯茶

那些看似慢的日子，是最幸福最快乐的时光。

那时的慢时光

木心先生在他的诗中写道：

从前的日色变得慢
车，马，邮件都慢
一生只够爱一个人……

其实啊，那些看似慢的日子，是最幸福最快乐的时光。

我五六岁的时候，父母带着我们去外婆家拜年，大多时候是行走在雪野里的。厚厚的雪，铺在辽阔的田野上。白白的一片里，居然就走出了一条窄窄的小路。我们兄弟在前边跑着叫着，父母的声音不时落在我们耳边："不要跑快了，小心摔倒。"正说着，像小黑点的我们兄弟两人可能就倒在了雪地上。我们自己爬起来，仍然笑着，那白白的雪，却黑了一大圈儿，似乎我们将它们摔得疼痛了。累了，小小的我们就轮流坐在父亲的肩膀上"顶阿马"（两腿分开坐在肩膀上的姿势），不停地嬉笑着。

进了学校，我的心里想要一双白色的球鞋。向父亲母亲说了好几次，父亲不停地点头说“好”。于是，我就有了一颗期待的心。开学初说的，一学期快要结束时球鞋买来了。我满心欢喜。小心地穿上脚，穿一天之后就让鞋子休息两天，生怕让它受累。那白色的鞋帮有些黑色的泥浆时，我会找到废旧的牙刷，蘸着清水，小心地刷。末了，还要加上些漂白粉，再轻轻地刷。后来，渐渐长大的我想要件绿军装时，父亲也答应了，父亲给在外地读军校的表哥写去了信。这回，我等待的时间更长，快一年了，我们才收到表哥从军校里寄来的军装。虽说这衣服也只是最简单款式的军装，但在这快一年的时光里，我的每天，都是在期待与欣喜中快乐地度过的。

读小学放学的时候，我喜欢坐在堂屋的门槛上。我在等着我十几里地外的姑妈的到来。因为，她来了，就能给我们带来糖果。每隔上那么一两个月，我是能等来我的姑妈的。那糖果，用五颜六色的糖纸包裹着。我和弟弟拿了糖果，并不是慌着吃。先是数着糖果数，看是不是一样多。然后各自炫耀自己的糖纸漂亮。解开了糖纸，用舌头轻轻地舔上几下，既是品尝甜味，也利于将糖纸保存得更持久。这时，我们才将糖果放进嘴里。即使糖果进了口，也不是慌着吃，而只是仍旧慢慢地用舌头舔。那丝丝甜味，早已甜到了心底。

在荷叶如盖的时节，母亲是会做馒头给我们吃的。母亲架了石磨，和我们兄弟一起磨面粉，和着老面发馒头。屋子外边的日头，一点一点地向西边移动着。正是阳光灿烂的时候，母亲让我们兄弟去池塘边采几片荷叶。母亲用荷叶卷了小块小块的面团，轻轻地放进篾制的蒸笼。我们兄弟往灶膛里慢慢地添柴，眼睛却盯着那冒出热气的蒸笼。用不了多久，溢着荷香的馒头出锅了。我们拿着馒头，一口一口地吃着。母亲也会用只碗盛了三四个馒头，吩咐我们给隔壁的曹奶奶送去，让她也尝尝。那馒头的荷香，就从这只碗里，漫溢在我们的身边，似乎村子里都是荷香馒头香了。

晚上是有故事的，尤其是有月亮的晚上。一家人坐在月亮底下，听父亲讲故事，有时是三国英雄，有时是梁山好汉。有一次父亲讲的是日本电影《追捕》的情节，让我至今记得杜丘这个特别的人物形象。有时，母亲也煮了花生，我们一块儿吃着，一颗，又一颗，慢慢地剥去壳，放进口里。家中的黑狗，在我们的脚边，不停地擦来擦去，亲热着我们。不远处，菜园的草丛里，蛐蛐放肆地叫着，那声音有时又戛然而止，让人像失去了一点什么。

我见过母亲洗床单被单的过程。母亲用洗衣粉浸泡床单被单之后，借助洗衣板细细搓洗，再来到池塘边清洗。一下子床单铺开很远，那水面一圈一圈的涟漪，也慢慢地荡漾开去。清洗之后，这个过程并不算完。就在自家门口，母亲端出早上做饭时有意留出的米汤，将那带着清香的米汤，均匀地揉搓在床单被单上，然后才将床单被单晾晒在晒衣绳上。晒衣绳，是母亲和我们用长长的稻草一根根地绺成的。阳光暖和，走过床单被单旁边，我们就能够闻到一阵清香。晚上的被窝里，清香弥漫，我们慢慢进入甜美的梦乡。

后来，我到县城里去上学，坐的是公共汽车。汽车每天不过三四趟的样子，也不准时。我会早早地去车站，提前买好了车票，规规矩矩地坐在自己的座位上。开车了，车速并不快。就着车窗，我看着窗外的风景，看道路两边的树，看路旁的房子一个一个地慢慢地向车后移动，还能看到房子旁边的一些人。三十多公里的路程，可以坐上老半天。三年里，我能数出沿途有多少个分叉路口，甚至能知道路边的哪间屋子里住着几个长得什么样子的人。

刚刚上班时，曾在一个月色如银的夜晚，我和同学成一起骑着自行车，一路说笑，一路前行。半夜，我们到达四十多公里外的同学兵的家里，敲开了门。我们三人坐着聊天，就着几袋花生米，喝着啤酒。不想，居然到了天明。在晨光里，我们又骑着自行车返回上班。

我们自然不如那个雪夜访友的王子猷。住在山阴的王子猷在那个雪夜，想起了友人戴逵。而戴逵远在曹娥江上游的剡县。王子猷不管这些，即刻连夜乘小船前往。一夜才到，到了戴逵家门前时，他却又转身返回。后来有人不明白，他说："我本来是乘着兴致而来，如今我来了，兴致已尽，当然返回，为何一定要见戴逵呢？"我们也自然不如那在月夜里寻好友张怀民的东坡先生，"何夜无月？何处无竹柏？但少闲人如吾两人者耳”。

辛稼轩在词中写“稻花香里说丰年，听取蛙声一片”，赵师秀在诗中说“有约不来过夜半，闲敲棋子落灯花”。可是，如今那月夜，那雪色，那蛙声……似乎都离我们而去了啊。

那时的慢时光，我们到哪里去找寻呢？

看电影

最高兴的事儿莫过于看电影了。

要是有人在村子里小声地唧一下：“今晚新红村有电影……”人群就会沸腾起来。而说这话的人，也是一脸的神圣，像做了件大好事一样。其实，他也是听人家说的，或者在马路上看到有人骑着自行车驮着个大箱子走过，就猜想那大箱子里一定是影片了。但他的话就成了圣旨一般。

刚放晚学的孩子们，也不贪玩了，一把拉过小板凳，就开始做作业，做完了作业才好晚上往电影那儿赶。农田里喷着农药的大男人，也加快了速度，不然，完不成任务，家里的女人晚上是不放行的。年轻的男男女女就更高兴了，就像是他们的节日一般。女孩子们，很多时候都是有人来约的。她们没有化妆品，但衣柜里有过年才穿上的新衣服，今天当然得穿上了。男孩子们呢，尽量地让自己阳光干练一些。临出门了，不去看电影的大人们就会再三地叮嘱家中的孩子：“小心啊，小心啊……”还会叫上邻家的大孩子：“你得给我看着他一点，别给弄丢了。”有大人出去是最好不过的了，让人觉得安全，有保障。年轻的男女要一块儿走，但他们并不说过多的话。男孩子一个眼神，女孩子一丝嘴角的微笑，他们心里是再明白不过的了。走在路上，也不说话，一前一后地走着，但到了电影场，两人就会合到了一块儿。电影开始了，也不知他们到哪儿去了。

十几人，或者几十人，走在田间的小路上，有说有笑，也有叫骂家中的小弟小妹走得慢的，真成了当晚的一道风景。常常，人们走上十多里路，才会赶到电影场，当然是露天的。那里早已是人山人海。电影还没开始，人声早已沸腾。有摆出小摊的老奶奶，脸上的皱纹比田间的沟壑还深，在晚上也看得一清二楚。小摊上有五分钱一捧的香瓜子，有一分钱一杯的凉茶。偶尔，还有高粱和饼干，那是高档的零食了。小孩子们是要消费几分钱的，来上一捧香瓜子，吃上老半天，孩子有事做，大人也就省了心。

我们最爱看的电影是战争片，抗日战争的，小孩子们这时候瓜子也懒得要了，全身心地投入到电影中来。正式放映之前也有片子的，我们叫它加映片，大多和农村农业有关，但我们也看得津津有味。我们觉得，电影真是个神奇的东西。正式放映了，偌大的电影场也会安静下来，电影对白听得清清楚楚。有时我们得到放电影的消息迟了，就去得迟，那我们也有一种方法来看，在电影银幕的反面看，也还清晰，只是字是反的。但人少，我们也就可以自由走动，不担心人家占去了自己的位置。放映的战争片，很是精彩，我们真觉得那子弹是不是就打出来了，落在了我们的面前。有好几次，村子里的二娃在银幕下不停地找子弹壳，惹得大伙哈哈大笑。《鸡毛信》《小兵张嘎》《英雄虎胆》是我们看过很多次的片子。《小兵张嘎》我们至少看了二十遍，连台词也能背许多了，但也觉得新鲜。也看过《梁山伯与祝英台》，看得是昏昏欲睡，末了，就问“为什么人能变成蝴蝶啊”，好多大人也不能给我们解释。其实道理很简单，当时的我们怎么可能懂爱情呢？记忆中我们也看过《魂断蓝桥》，当时真不知放映的是些什么情节，看完了电影，只是好不容易记得了影片名字叫“魂断蓝桥”。电影的名字是要记得的，不然第二天向没有去看电影的伙伴们炫耀时也就没有资本了。曾经，我用一个小本子，记下了我曾看过的电影片名，不知这个小本现在弄到哪里去了。

也有空跑一趟的时候，走了一二十里路，那儿居然没有放电影，大家心里就对提供这个消息的人愤愤不平了。但口中并不骂，只是一番埋怨。回来的路上，照样唱着歌儿。有细心的长辈，也不忘记清点人数。第二天，要是有人问“昨天看了什么电影”，我们肯定回答：《甘走白路小英雄》。一脸的神气。人家就又问什么情节，我们就你一句我一句地编上个故事，照样惹得人家心里痒痒的。

正式有板有眼地坐在电影院里看电影是看《少林寺》，那时全国人民都看这部武打片。学校集体组织我们去看了一遍，觉得很不过瘾，就还想看，但有人守着门儿，我们没办法，垒成人梯翻过电影院的围墙，看了个够。后来也有一次，父亲去电影院看《垂帘听政》，将我带了去，我虽然很是用心地看，但仍看得不大懂，只记得片子里有几个人死得很惨，吓得我当时不敢正眼看银幕。

接着的几年，电影看得少了，电视看得多起来了。一部《霍元甲》，风靡全国。村子里黑白电视机都少，更不用说彩色电视机了。少有的几部电视机，主人是不够大方的，生怕人家看坏了他的电视，将门关得紧紧的。偶尔有关系的人进去到他家里，能看上一集电视，那真是像中了大奖一样。人家在屋子里看电视，我们就在窗子下听电视。听，居然也是一种享受哩。也有大方一点的主人，将门打开了，但是要收门票，五分钱一个人。现在想起，觉得这种做法正是计划经济走向市场经济最好的体现。我们没有钱，就有人提议，上镇上去看看吧。当晚就向镇上赶。到了镇上，见到有人家屋子里荧光一闪一闪的，我们就知道正在放映着《霍元甲》。我们按捺不住激动的心情，立刻上前敲门。有人出来，热情地招呼我们进去。我们真是感动不已。想不到镇上的人们比村子的人好客得多，这无疑给我们幼小的心灵来了一次强有力的品德教育。更有热情的主人还会倒茶给我们喝，我们即使口再渴，也还是连连摆手。我们觉得不能过多地打扰人家了。

二十集的《霍元甲》只是在周末播放，每周两集。放电视的时候，是用叉形的室外天线接收的。信号不是很好，接收电视时常常要两个人配合。一个人守着电视频道按钮，一个人在外扭室外天线。“再转一点点”“好了好了不能转了”时不时地出现这样的对话。有时实在接收不清晰，荧光屏有很多的麻麻点点，但我们也目不转睛地看着。当《霍元甲》刚放完不久，村子里的电视机也多了起来。家里做了新房，家中生了胖小子，请客时娘家人都会送来一部电视机，哪怕是只有11英寸大。这样，那些不开门的主人也就开门了。夏天的夜晚，将自家门前打扫干净，早早地搬一张桌子，将电视机放在桌子上。然后，将家中的板凳全请了出来，等候着村子里没有电视看的人们的到来。谁家门前的人多，证明谁家的人缘最好。常常，禾场里满是人，像看电影一样。村子东头的谢大爷家，曾将家中的凉床摆出来让大家坐，不想坐了十多人，看《陈真》时将凉床给坐趴下了。大爷一点也不恼，呵呵地笑着说：“哎呀，是我家的凉床不结实啊……”

大约1993年左右，几乎每家都有了电视，看电视也就不是什么稀奇的事了。电视也能多收几个频道，自己就要有选择地看了。不久，很多的家庭安装上了闭路电视，节目就更多了，但我们看电视却看得少了。接着，又出现了数字电视，一百多个频道，让你目不暇接，无法选择，看电视真成了一份累赘了。而关于电影，我们和它似乎成了陌路人了。好多的电影院成了商场。只有当一些所谓的大片的广告向我们狂轰滥炸时，我们的眼睛才有意无意地向它们瞟上几眼。

每个男孩子都曾经冒险

我一直记得，那个夏日的下午我的一次冒险经历。

那时我只有十二岁，在盛夏里是有个属于自己的快乐暑假的。暑假里每天要做的两件事，一是游泳，二是放牛。游泳的时间在下午，地点在村子里的池塘里。有时候，我们小伙伴在池塘里可以游整整一个下午的时间。但我们没有什么标准的游泳姿势，大多是所谓的狗刨式，或者是自创的仰泳。池塘不深，大人们农活也忙，也就不大管我们了。待到傍晚时分，放牛的时间一到，我们一个个像泥鳅，光溜溜地爬上岸来，穿上短裤，去找自家的牛，做起了专业的牧童。

放牛的地盘大多在乡间的田埂上。天天放牛，时间长了，我觉得田埂上的草已被牛吃得浅了，想着变换放牛的地点。好的地点自然有，在离村子两三里路远的东荆河堤上。我听村子里的叔伯他们说，河堤上的那种草是牛儿最喜欢的美食呢。我一个人牵着牛，一会儿就到了东荆河堤，果然，这里是天然的牧场，是牛儿们的天堂。我心里叫好，觉得找到了放牛的好地方，明天一定叫上伙伴们一起来。

牛儿尽情地吃着草，我也想着要做点快乐的事儿。这东荆河堤边不就是东荆河吗？正好可以去游泳啊。我就想起了平日里我们在池塘里游泳的样子，那池塘，长宽不过二十来米，我横着竖着一下子就给游过去了。这来到东荆河边，正是好好游泳的快乐时刻。

天边的夕阳正红，将这东荆河也铺成了一条金光闪闪的彩绸。我站在河边，看到不远处也有人下到河里，正快乐地嬉戏着。我脱下短裤，哧溜一下钻进了河水里。我成了一条鱼儿，向东游一段，又向西回游一段。游了几分钟，我站在浅水里，向河对岸望去，见到有不熟识的小伙伴们正在游过去，不时地发出嬉笑声。于是，我马上就有了新的计划，我想着游到对岸去。

说做就做，我又成了一条快活的鱼儿，向河中心游去。我用了不到十分钟，就到达了河的中流。但是，我立即感觉到有点不对劲，那就是我在中流游动时，觉得难以前进了，大概是中流水速过快的原因。我用力地划水，仍然没有作用。我有些慌乱了，心想这下子完了。但我马上冷静下来，如果我慌乱，可能就留在了这河水之中。我想要游回去，觉得更难，因为我刚刚过了河的中心。呼救也是没有作用的，离得有点远，那些游水的伙伴可能听不见我的叫喊，再说他们也不一定有在水中救助我的能力。我没有呼喊，想了想，用上了我自创的仰泳。我躺在水波上，用手慢慢地划水。这样，也保持了我的体力。我慢慢地划水，身体也就慢慢地前进了。似乎过去了好久的样子，我终于到达了河的对岸。

我坐在河边，长长地吁了一口气。我坐着不动，又开始积蓄着我的体力，因为我得游回对岸，然后牵着我的牛一起回家啊。我知道别人是帮不了我的。

我看了看河水的流速，以我的经验找到最短的游程。这一次游回，我不再像先前那么急，而是慢慢地游到河中流，然后开始加速，以最短的时间游过了河中心。接着，再开始仰泳，慢慢地游到河的对岸。这一趟，比先前用时要短，我也没有了之前的慌乱。我站在岸边，估摸着这东荆河的宽度，应该是超过百米了。

晚上我到家的时候，已经很晚了。吃着晚饭，父亲问我：“今天是不是在东荆河里游泳了？”

我点了点头，然后向父亲讲起了我游过东荆河的事儿。

“那，游过河心的时候是不是很慌乱？担心可能就留在河心回不来了吧？”父亲说。

我一惊，父亲怎么知道我的想法了啊？

“儿子，我只有十多岁的时候，在一个夏天，也游过了东荆河，在东荆河的中流，我也曾经慌乱过。每个男孩子的成长，应该都有过一次冒险经历的。”

小牯子

1987年暑假一过完，我就要上初中三年级了。大我三岁的姐姐，她将进入高三年级。

但是，这个暑假不好过，似乎天上总有乌云，就要下起暴雨的样子。我和我姐的学费没有着落，这件事困扰着我们一家人。

父亲和母亲跑了好几家亲戚，说是去借钱，让我和姐好去交学费。但这好几趟，他们都白跑了。我们的亲戚，和我们一样，手头上也没有多余的钱。

姐姐发话了，她不想读书了。听她一说，我也不想读书了。家中有两个孩子读中学，家里仅有的一点钱也会让孩子掏空。

爷爷躺在他那张旧床上，不停地咳嗽着。他的肺结核又犯了，不停地吐出一口又一口浓痰。他不肯上医院拿药，更不用说住院治疗了。他怕用钱。

晚上，父亲不停地抽着烟。那烟头，一明一灭，在黑夜里像夜空里飞机上闪烁的灯。可是，飞机是有航向的。我们的学费，应该在哪儿呢？

“还有小牯子啊。”不知什么时候，爷爷坐在了父亲面前的木凳上，发出了声音。

小牯子是我们家中的牛，是庄稼的命根子。牯子，是对公牛的一种叫法。

父亲用力地扔掉手中的烟头，没有出声。他知道，眼下解决问题的办法只能卖掉家中的这头牛了。

我和姐姐知道，父亲要卖掉家中的牛了。

这头牛在我们家中已经五年多了。小牯子的力气大，下田犁地的时候，总是任劳任怨。每天放学，我就会放牛，我和小牯子成了好伙伴。它会低下头，让我踩了它的两只牛角，骑上它的牛背。在牛背上，我可以看书，可以背诵课文，也可以吹奏口琴。夕阳西下时，我们慢慢地回到家中。

爷爷又用力地咳嗽了一阵子，对父亲说："两个孩子不读书是不行的。我前天就出去联系了，买家是清水村的吴老大，他还看了牛的，我们说好了730元的价钱，明天你就将牛送去吧。一手交牛，一手拿钱。"

父亲点了点头，算是答应了。

但父亲第二天并没有将小牯子送去十多里外的清水村。我也不去问，我仍然每天傍晚牵着小牯子，将它牵向青草丰盛的田埂，让它饱餐。我看着小牯子，小牯子也睁着大眼睛看着我。

分别的这一天还是到来了。父亲等到快要开学的8月31日，天还没有亮，他一个人就牵着小牯子上路了。中午的时候，父亲就回到了家。他的手中，捏着一把十元一张的"大团结"。

第二天，9月1日，是开学的日子。我和姐姐拿着钱，我230元，姐姐350元，到学校报了名。父亲做爷爷的思想工作，想让爷爷去住院治疗。爷爷拒绝了，父亲只好在医院帮他带回了几包中药。

几天之后，是星期天。我回到家中，突然，我看见了个熟悉的身影，从我家门前的田埂上走来。是小牯子，它鼻子上的拴子不见了，隐约有些血迹。它慢慢地走着，像以前我每天牵着它回来的悠闲神情。我高兴地跑着告诉家里人，我说："我们的小牯子真聪明，它回来了。"

"小牯子真乖，它找得到回家的路呢。"姐姐也很开心地说。

"难怪，昨天在学校里，我在心中念叨着我家的小牯子，担心它在清水村生活得是否习惯，今天它就回来了。"我又说，几乎要跳起来了。

一旁的邻居铁成哥也替我们高兴："哎呀，这个小牯子真好，将它卖出了它也能回来，你们家这回赚了呢。"

爷爷从病床上起了身，他让我叫来了父亲。父亲见了小牯子，也有些惊喜。

"你，把小牯子今日个就给人家吴老大送回去。"爷爷对父亲说。

我和姐姐的开心劲头顿时全没了，我们知道，爷爷是要将小牯子送回清水村去了。

父亲又找来一根牛绳将小牯子拴住，然后牵着它准备上路。谁知，小牯子却停下了脚步，立在我们家门口一动也不动。父亲越是向前拉，小牯子越是向后退。爷爷捡了根树枝，来抽打小牯子，想让它挪动脚步。可是，它宁愿挨打，仍旧岿然不动。

爷爷也知道这小牯子的脾性，它是不会动了的。

"这样吧，你，和我一起去清水村找吴老大。"爷爷对父亲说，"牛回来了，人家肯定心里也急呢。还有，将前天没有花完的钱带上。"

那晚，父亲和爷爷回来时已是半夜，我也没有睡意。爷爷一回来就上了他的病床，他咳嗽得更厉害了。父亲在灯下，不停地抽烟。我问父亲这小牯子的事怎么处理的，父亲扔了烟头，说："我们还没有花完的110元还给了人家，你爷爷让我给清水村的吴老大另写了张620元的欠条。不过，我们还是赚了，吴老大在家整了好大一桌子菜给我们吃呢。他们家，找这小牯子找了两天没有找着，正心急。”

“那我们以后还将小牯子卖给他们家吗？”我又问。

父亲没有回答我。

我和姐姐知道，那时开始，我们家会更加省吃俭用。两年之后的一个下午，父亲喝了点酒，脸红红的，他将一张620元的欠条拿给我和姐姐看：“你们看看，这就是两年前我写给吴老大的那张欠条，今日个，再不用提将小牯子卖给他的事了。”

已经读了大学的姐姐问了父亲一句：“这两年，也没见清水村的吴老大来向我们讨账呢。”

我也不明白，620元，不是个小数目，那个吴老大就不担心我们赖账吗？

我望了望我们家门前柳树下的小牯子，我也哈哈大笑起来。

（入选东北三省2019届高考模拟试题）

点石成金：

看似是写一头牛，其实是用一条线索在写两家人。写“我”家卖牛是明线，写吴老大买牛是暗线。“我”家为了我和姐姐读书，不得不卖牛，卖给了吴老大。但是，这头牛又跑回了“我”家。父亲去给吴老大写了张620元的欠条。以后，牛没去吴家，吴家也没主动来讨账。

以“牛”为线索，写出了两家人人性的美好。

请你坐下喝杯茶

六月，太阳是个火球。

水生的老婆兰花要去娘家歇暑了，这一去就得十天半月的。兰花就拉过水生说："我这走了啊，你可不能偷腥。"水生连声说"不敢不敢"，兰花又说："你就管下家里的猪，喂下食就行。还有，我们屋后不是条公路吗？你每天在路边摆个茶摊，方便方便那些口渴了的过路人，你也好捞点外快，只说一点，就算你每天赚四分钱，我回来时，你交给我四毛钱就行了，多的我也不要了。"

水生照章办事，老婆一走，茶摊就摆了出来。屋后就是公路，拉个小桌，摆上茶壶茶杯，再拾几条长凳放在边儿，这茶摊就成了。当然，得烧茶。烧茶是水生穿破裆裤时就会的拿手活儿。他将水烧得开，热气腾腾的时候，水生才将洗得十干净净的茶叶，一片一片地飘进锅里。但这时候他也不慌退火，过了一支烟的工夫，他才将灶里的火熄灭。水生说，这样烧开水是有科学依据的，有人问他什么依据，他就是不肯说，其实他也是说不出的。只是，他觉得这样烧开的茶更好喝罢了。

人家卖茶，两分钱一杯。水生反正是闹着玩儿，就一分钱一杯，明码标价，用个纸牌子，歪歪扭扭地写着"一分一杯"几个字。有人就问："你的茶有茶母子没有？”水生知道什么叫作茶母子，就是烧得很浓很浓的一大杯茶，就用这茶母子兑上一大桶水。有个卖茶大娘的茶母子就曾经被人偷喝了，惹得大娘一顿好骂：“个狗儿的不是东西，不讲良心，把老子的茶母子都给喝了，还让不让老子卖茶啊？”

水生就说：“我有茶母子啊，你到时候会看到的。”就有二根、阿丁几个没事的家伙好奇，跟了去。正好有个过路客要喝茶，喝了一杯，还要再喝一杯时，水生说：“老先生莫喝快了，一会儿再喝，一会儿再付钱不迟，且看看我的茶母子再说。”说时迟那时快，水生换了语调：“今日个我的茶母子啊，乃是三英战吕布。且说那关云长上前来，张飞紧随其后，和吕布干了起来，怎料还是不敌，刘玄德跃马上前……”水生边讲边做动作，大家连连叫好。一时间，那茶客又连着喝了三杯。临走，丢下了五分钱，多的一分算是小费了。二根和阿丁几个也想喝，水生说：“好，但一人只准喝一杯，且明日必须再来。如果不来，请自便。”

第二日，二根、阿丁早早地就来了，还带来了村子里的几个婆娘，都说是来喝水生的茶母子的。水生更来劲了：“今日啊，讲孟德献刀，那个孟德啊，就是曹操，他想着将那大奸臣董卓杀死……”从没看过书的婆娘们听得眼睛都不眨一下，三毛的婆娘喝了茶，还丢下了一分钱，说，值啊，一分钱一杯值啊。过路的三四个茶客也连连说好。

第三天，水生讲的是“单刀赴会”，过路的茶客居然有十多个，一人喝了三杯，让二根一杯茶都没喝上。有个过路的太婆，喝了两杯，摸出两分钱，让水生给挡住了：“您就免费了，您就免费了。”

人是越来越多。第九天的时候，水生清点了一下这些天的战果，不计成本，居然收入了九角六分钱。呵呵，这几天是大有收获啊，水生心里一阵得意。

水生已经得到消息，老婆兰花就要回来了。今日是最后一天，水生准备讲“过五关斩六将”。水生才开口：“那曹操啊，对关羽三日一小宴，五日一大宴，又送美女和金银财宝无数。关羽让美女服侍嫂嫂，财物则交嫂嫂暂时收藏……”

“水生叔，你知道关云长过的是哪五关，斩了哪六将吗？”有个声音响起来了。大家一看，是天狗家才读小学三年级的儿子红虎。水生就说：“红虎，你知道啊？你给讲讲，我有奖励。”二根和阿丁几个就来了兴趣：“是啊，你给讲讲，水生叔有奖的。”

“奖什么啊？”红虎小声地说。

“那……奖你一元钱怎么样？但你不会讲的话就学一百声狗叫。”水生想堵住这小子的口。

“好！”大家都乐了。

红虎小子开腔了：“且说那关羽保护二位嫂嫂来到东岭关，守将孔秀说没看见曹操的文书，阻拦关羽过关，便被关羽杀了，然后一路来到洛阳……”大家连声叫好。小家伙最后讲到了关羽与张飞古城相会。这时候，水生才发觉自己上当了。可是，一言既出，驷马难追。他将那九天来收到的一分一分的钱都数给了红虎，还加上了衣袋里的四分钱，才凑上一元钱。众人又是一阵喝彩，水生的脸红红的。

老婆回来了，说：“水生啊，听说茶摊生意很好哩，四角钱拿来。”水生这才想起要向兰花交上四角钱的事，可哪里还有钱呢？老婆一下拧住了水生的耳朵，“快说，钱呢，哪去了？是不是给了人？”

“是，是……红虎。”水生结结巴巴的。

“啊？是红虎他娘？你这次一定得说清楚。”老婆将水生的耳朵拧得更紧了。

拿来鸡蛋做交易

金虎对着银虎看了一眼。银虎也对着金虎看了一眼。

金虎银虎同时向门外看了一眼。门外，隔壁的二根正拿着根冰棒吃着，隔着几十步远，也能听见他将冰棒从嘴里送进拉出的声音。那声音流进了金虎的耳朵，也流进了银虎的耳朵。兄弟俩感觉着，口里有一股又一股的涎水，像滑溜溜的蛇一样，就要喷涌而出。

他们太想吃冰棒了。他们太喜欢吃冰棒了。他们都不到十岁，金虎九岁，银虎八岁。

前天给父亲买烟找回的四分钱零钱，刚好在村头德珍奶奶那买了两根冰棒，兄弟俩一人一根。那冰棒甜着哩，现在还在心里头冒着香味儿。兄弟俩顺着那香味儿就移动了脚步，一会儿工夫就飘到了村头，德珍奶奶的小货摊前。

金虎银虎来了。德珍奶奶对两个老主顾很是热情。

兄弟俩没有出声，他们感觉到那香味儿更浓了，似乎飘到了鼻孔里了。德珍奶奶从冰棒箱里摸出了两根冰棒，就要交给兄弟俩。金虎没有接，银虎也只是将鼻子靠近嗅了一下。

“我们手中没有钱了。”金虎小声地说，蚊子一般，德珍奶奶还是听见了。

“这好说啊，我知道你们是有钱的。”德珍奶奶压低了声音说，“你们家中有鸡吗？”

“有啊。”银虎说。

“那就对了嘛，有鸡就有鸡蛋，拿一个鸡蛋来，可以换三根冰棒哩。”德珍奶奶来了精神。

银虎撒腿就跑。三分钟不到，他手中攥着个鸡蛋来了，交到了德珍奶奶手中。三根冰棒，银虎两根，金虎一根。

吃着冰棒，银虎开口了：“哥，下次该你拿鸡蛋了，你拿鸡蛋那你就吃两根冰棒，我没有意见的。”金虎就点了点头，说：“不能每天都拿啊，咱隔两天了拿一个，母亲就不会知道了，还有，谁让母亲抓住了，可别供出了对方。”银虎就拼命地点头，说：“哥你想得真周到。”

兄弟俩庆幸着，终于可以吃上冰棒了。每隔上两天，就轮流着拿一个鸡蛋到德珍奶奶那换三根冰棒。但母亲还是觉得家中的鸡蛋少了，就直骂那鸡们：“只吃粮，少下蛋，还是鸡吗？”兄弟俩就偷偷笑个不停。

可是，好日子总是不长。一天中午，就在银虎将手伸向家中鸡窝的时候，母亲的手按在了银虎的手上。结果，虽然没有供出哥哥，但可怜的弟弟被罚去寻了三天的猪菜。

兄弟俩再走过德珍奶奶的冰棒摊时，就只是偷偷地瞄，用鼻子拼命地嗅那冰棒的香味儿。德珍奶奶远远地就喊：“金虎银虎，金虎银虎，怎么没拿鸡蛋来换冰棒啊？”兄弟俩就远远地逃。

接连几天，德珍奶奶都是远远地就喊：“金虎银虎，金虎银虎，怎么没拿鸡蛋来换冰棒啊？这一点本事也没有，去找鸡窝啊，鸡窝里就有鸡蛋的，只要你们拿来，一个鸡蛋我给你们换四根冰棒。”兄弟俩恨不得钻进地底去。他们真想自己变成只鸡才好。

兄弟俩感觉这个夏天是这样的长。但就在天气最热的那天，金虎站在德珍奶奶的小摊前，银虎就拿来了个鸡蛋。这一次，德珍奶奶真给兄弟俩换了四根冰棒。这次一人分了两根，吃了个痛快。

“你们每天都拿一个鸡蛋来吧，我每次都给你们换四根冰棒。”德珍奶奶笑着说。

果然，兄弟俩轮流着，每天都会拿来一个鸡蛋。德珍奶奶每次都会笑着递给他们四根冰棒。

这一天，银虎站在德珍奶奶小摊前，等着哥哥金虎拿鸡蛋来。等了十多分钟也没等着，正在着急，只见他们的父亲揪着金虎的耳朵走了来，金虎的手中还捏着几片碎蛋壳，蛋已经碎了。

德珍奶奶有些不好意思起来，正想向他们的父亲解释什么，他们的父亲先开口了：“奶奶，这两个家伙爱吃冰棒，反正是暑假，就让他们替您卖十天的冰棒吧，这是我安排的，您不要给他们任何东西，是白干。”

十天里，闻着冰棒味，又不能吃着冰棒，滋味是难受的。德珍奶奶不在小摊的间隙，银虎就问金虎：“哥，这事儿到底是怎么搞砸了？”

金虎耸了耸鼻子，说：“你是在小摊上守住了德珍奶奶没问题，我钻狗洞进德珍奶奶家也没有问题，可是，从她家的鸡窝里拿了鸡蛋正从狗洞里钻出来时，让父亲给逮着了……”

银虎也耸了耸鼻子，说：“哥，你再闻闻，这冰棒的香味儿可真是好闻哩。”

蓖麻绕园书香远

1982年，我在村子里的小学上三年级。小学的条件差，除了不多的课本，是没有任何课外书的。天生偏好阅读的我，有时拿着父亲给我的那本破烂的《新华字典》也会看上老半天。这自然不能满足我阅读的欲望。直到有一天，我看到有同学正阅读着小人书，于是，我知道我想要做什么了。

小人书，我们那时管它叫“娃娃书”，因为上边全部画着大大小小的“娃娃”，“娃娃”的下边，还有小小的文字进行解说。后来，知道它的学名叫作“连环画”，但我们仍旧叫它“娃娃书”，觉得亲切，有意思。

我想要看娃娃书。这是我当时最直接的想法。乡下的孩子，能够看上一本娃娃书，那是最好的阅读享受了。可是，一本娃娃书的价格，少则三分钱，多则近二角钱。这个价格也不算高，但乡下的孩子，手中是没有零花钱的。何况，我的家中有三兄弟，父母从田地里劳作所得并不多，家庭拮据，我在父母手中肯定是拿不到买书的钱的。

再大的困难，也挡不住一个想要阅读的孩子的愿望。我想出了“生钱”的办法，那就是：种蓖麻。

我打听到，镇上的供销社收购蓖麻的果实。于是，就在这一年的秋天，我开始了我种蓖麻的计划。乡下的沟渠边，长着大大小小的植株，其间就有蓖麻。我想着要将这些野生的蓖麻收编成“正规军”，种到我家的菜园边。我将它们的果实摘下来，并不是急着去售卖，而是留作明年的种子。这些种子，我是一粒一粒认真精选的，籽粒饱满，连着那花纹，像极一个一个吃饱了肚子的小小土蛙。

春天的第一阵雨过后，是种下蓖麻的最好时间。在我家菜园的篱笆边，每隔上那么一米远，我就会用小铲挖上一个小洞口，然后放入两粒蓖麻籽。之所以放入两粒种子，是担心其中有一粒会坏掉。然后，将刚刚挖出的土轻轻地盖上。这时候种下蓖麻，是用不着浇水的，温度也适宜。只过上五六天，我就会再跑来看看。这时候，就会看到有的蓖麻籽已经冒出了青绿的芽儿。有的洞口长出的是双株，像挤着小脑袋的两个小孩子，那是两粒蓖麻籽都发芽了。不过不用急，再过上几天，它们长得更茁壮一些时，我会很自然地帮着它们“分家”的。

我的蓖麻，只种在我家菜园的四周，不占地，也便于我对它们的管理。每天中午放学，吃饭之前，我会在菜园四周巡视一周，看看那些可爱的小植物们是不是长得更可爱。下午一放学，我也会到菜园四周转一转，我要看一看，那些小可爱们有没有受伤。不到一个月，蓖麻们就会长到一米多高。这时候，是用不着去管理的。它们会一个劲儿地向上蹿，开花，准备结出自己的果实。蓖麻花并不漂亮，花儿小，像那奔跑在田间地头的一个个乡下小女孩，可爱而淡雅。那叶子，就像是一个个大大的手掌。有风吹过，我可以闻到蓖麻叶里散发出的略微苦涩的气味儿。

大约在夏季的六七月，早一些的蓖麻就开始结果了。蓖麻的果实，是长着刺儿的，像一个个毛茸茸的小球儿。先是青绿青绿的，慢慢地，颜色变深变黑。等到完全黑色的时候，就可以采摘果实了。采摘果实的时候，蓖麻的叶子并没有枯萎，那得特别小心叶上的毛毛虫。这种虫子，身体上有着漂亮的花纹，可是，它浑身长着细细的刺毛，是会蜇人的。我们害怕地叫它“洋辣子”，因为我亲身体验过它的厉害。只要接触到它的毛，哪怕只是轻轻地碰碰，也一定会让你的皮肤疼上一阵子，长出一团又一团的红红的小肉结。不过，要是真被蜇到，我们也不会去找医生，只是在家抹上点牙膏。这牙膏，似乎就有着清凉止痛的作用。当我看到手中的小篮子里放着大大小小的蓖麻果实，那手臂上的疼痛更算不了什么了。因为，蓖麻果实是可以换钱的。那时我们就听说，蓖麻籽能够提炼成药，治疗腹泻，它也能够被提炼成蓖麻油，主要用于工业。

摘下的蓖麻果实是可以直接拿到镇上的供销社里去卖的，这样就免去剥落成籽儿这一道环节。蓖麻果实的外壳有些坚硬，如果剥落成籽儿，得用双手的大拇指使劲，不然，你就得借助嘴巴的力量来咬开了。但如果将蓖麻果实剥落成籽儿去供销社里卖，那价格当然好得多。我认真地计算过，一小篮子五六斤的蓖麻果实，如果剥落成籽儿去卖，会比直接售卖果实多赚上二角多钱。

二角钱也算多呢，可以买上三四本娃娃书了。

就在1983年这一年的秋天，我卖蓖麻果实赚钱，买来了二十三本娃娃书。像《林海雪原》《隋唐演义》《鸡毛信》就是在这一年买来的。每当一买来新的娃娃书，我就会坐在家里的门槛上，看上一阵子，晚饭也顾不上吃。第二年，第三年，我种蓖麻的经验越来越丰富，卖出的蓖麻果实也越来越多，家中的娃娃书也就越积越多。除了种蓖麻买来娃娃书，我也和班上的同学交换娃娃书。很多时候，我会用我认为不够好的娃娃书，换来我认为价值更好的娃娃书。每每一放学，我们班的同学们会迅速做完家庭作业，然后聚会在一起，阅读娃娃书。各自看着自己喜欢的娃娃书，没有一点声响。有好几次，我们看娃娃书入了迷，直到月亮升起，家中的父母在叫着自己名字的时候，我们才回到各自的家中。

为了更好地保存这些精美的娃娃书，在一个周末，我在每本书的封面外又加上了一张书皮，然后用毛笔小心地写上书名。同时，对我手中所有的娃娃书一一编号。这是为了便于交流，也便于阅读。我希望我的同学们，我村子里的小伙伴们能够来到我的手中借阅，我们一起阅读这些娃娃书。1985年9月，我进入初中时，清点了我的娃娃书，数量达到了三百九十六本。

我不停地阅读着我手中的娃娃书，我也用我的娃娃书不断地和班上的同学交换着阅读。就在这不断的阅读过程中，我感受到了语文的另一个世界。那时候给我们上课的语文老师，大多是从庄稼地里走进教室的民办老师。好几任老师拿着一本教学参考书，不停地在黑板上抄着段落大意和中心思想，一下课，我们什么也不记得了。但是，我的娃娃书，让我找寻到了另一个属于文学的世界。

就是这朴素的蓖麻，长满了我的中学时代。我种蓖麻换得的这一本又一本的小人书，激发了我的阅读兴趣，让我走进了我的文学王国。

我不止于阅读娃娃书了，开始不停地阅读各种书籍，一头扎进了文学名著的海洋。厚厚的《三国演义》，在初中时我已经看完了两遍。接着，进入《西游记》和《水浒传》的世界。然后，是《复活》《三个火枪手》，虽然读不大懂，但我也乐在其中。可惜的是《红楼梦》，那时我只是听说过，从没有见过，至于第一次阅读，是后来上大学时才完成的。这期间，我也开始接触《论语》，是线装书，从我爷爷的书堆里寻到的。另外，我也阅读了大量的杂书，像话本小说《薛仁贵征东》《杨家将》，像琼瑶的《窗外》《六个梦》，等等。

就这样，我知道了封神榜的神奇，知道了三国故事的精彩，知道了隋唐英雄、杨家将的壮烈。我开始慢慢接触外国经典文学作品，开始了解列夫·托尔斯泰、莎士比亚和泰戈尔这些伟大的作家和诗人。我懂得了战争的残酷，懂得了母亲的伟大，懂得了天空的辽阔。

我也不止于阅读了。在不断地进行阅读积累之后，我进入到我的写作世界。这些年来，我写出了一些文学作品，也发表了一些教育教学文章，出版了二十多部著作，算是对当年那个在菜园四周种蓖麻的乡下小男孩的美好回应吧。

我成为中国作家协会会员，被评为特级教师时，曾有记者专门采访我："请问，影响你阅读与写作的源泉是什么？""是我的那些娃娃书！我读书时种蓖麻换来的娃娃书。"我笑着回答说。

今年春节回老家，我特意看了看我的那些娃娃书。我的这些亲爱的小伙伴们，正酣睡在老家二楼的书箱里，它们，已经成为我心中的无价之宝。

儿时美食最诱人

一、闻馍香

小时，在我们乡下的家里，过上一阵子，总会传来阵阵馍香。

那时，每到麦收季节，母亲总和父亲商量：“多兑换些面粉吧，也能多做顿馍吃哩。”我们听了心里暗暗高兴。

等到有一天母亲吩咐我们兄弟“你们去摘几片荷叶来”时，我们知道今天一定有馍吃了。我们兄弟赶紧朝村子河边跑，拣那些鲜嫩的荷叶，一会儿就摘了七八片。母亲这时就端出“老面”。“老面”我当时不懂，现在想起来，大概就是起发酵作用的面团吧。母亲将面粉和水揉在一块儿，就像我们过家家和稀泥一般，不同的是我们总是嘻嘻哈哈的，母亲却是一脸的神圣，但看到她身边的二个儿子时，偶尔也会露出幸福的笑容。将“老面”和新面团合在一块儿后，那得更用力地揉，让“老面”完全融在整个面团之中。母亲个子小，我们居然没想到她也能使出那么大劲。等到用刀将面切一下，有蜂窝眼的时候，母亲说声“行了”，我们就一起做馍。馍的形状可大可小。母亲说：“做成长形做成圆形，随你们的便吧，反正是你们吃。”小弟不过三岁，也在旁边捏，像捏泥巴一样，捏些乱七八糟的形状，却总是笑嘻嘻的。

一会儿，馍全做好了，就开始蒸。母亲这时候便不让我们兄弟动手了，说怕烫着。她在锅里放好蒸笼，等到水烧开时，拿过我们摘来的荷叶，包住做好的馍，一一放进蒸笼。然后，盖好蒸笼，就只看着灶膛的火候了。这时候，我们三兄弟剩下的只是等待了，是一种甜蜜的等待，等待着那蒸笼上冒蒸汽。一冒蒸汽，我们就知道馍已经熟了。母亲呢，不慌不忙，熄了灶膛的火，双手揭起蒸笼盖，一阵清香，有馍香，有荷香，弥漫了我们整个屋里。我们兄弟挤上前，母亲总会笑着说："不慌，不慌，都有，都有。"三弟挤在最前面，母亲就先给他，当然是个最小的。而我和大弟，相差不过两岁，看哪个馍大，就点着哪个馍要，母亲也就一一地递给我们。

我们还在吃着馍，母亲拿出个碗，装了三个馍，"老大，给隔壁曹奶奶送去。""但是，为什么要给三个馍啊？我们家也剩不了几个了。"我问母亲。

"傻孩子，这叫你来我往，礼尚往来。上个月你们一人吃的一个馍不是人家曹奶奶送过来的？"母亲一说，我们都笑了起来。

二、吃盐蛋

那时的厨房是简陋的。一口砖块砌成的灶，灶上一口大铁锅；一个简易的菜柜，几乎连柜门也没有；再就是一张四条腿的餐桌，没有漆过，看得见大大小小的缝隙。就在这样一张有着大大小小缝隙的桌子旁，常常洋溢着阵阵快乐。

最抢手的莫过于盐蛋了。家里是有母鸡的，母鸡下了蛋，多了，母亲就会拿出去换点零用钱。蛋不多的时候，母亲就做成盐蛋。盐蛋有两种做法，一是直接用盐水浸泡，二是用稀泥糊在蛋的周围，蘸上盐，再在草灰里一滚。两种做法，都得过上一个多月时间才能吃。不然，时候不到，盐进不了，盐蛋很淡，是不好吃的。常常，母亲才开始做盐蛋，我们就想着那盐蛋的味儿了。好容易等到吃盐蛋的时候，我们早早地守在桌子旁，不吵不闹，等着母亲将煮熟的蛋发给我们。发给了我们，我们兄弟几个并不急着打开吃，总会拿出去走一圈，在小伙伴们面前炫耀一番。然后，等着看贪吃的小弟弟先打开蛋壳，自己再打开。吃，绝没有大快朵颐的情景。我们轻轻地在饭桌角敲碎蛋壳尖，再小心地用筷子尖慢慢地挖，挖出一小团，吃上一大口饭，一点也没有急躁的神色。等小弟弟吃完了，我的还有一半。那又是一番炫耀。

三、等姑妈

我还只有六七岁的时候，喜欢一个人坐在我家堂屋的门槛上。我的眼睛盯着屋子前边的一条小路，望着小路上走过的一个又一个人。

我并不是在看风景，我也并不懂得看什么风景。

我在等一个人，等我的姑妈的到来。隔上几天，我就会坐在门槛上等。居然，有的时候，就等来了姑妈。我的姑妈从十多里远的家里走来，门前的小路是她来我们家的必经之路。姑妈一来，我就有了我喜欢的零食——冰糖。我们小孩子们叫它“冰糖”，其实就是如今的“糖果”。

冰糖用糖纸包裹着。拿到一颗冰糖，我会小心地撕开糖纸。这撕的过程缓慢，既不能让冰糖掉在地上，更不能撕坏了糖纸。糖纸是五颜六色的，上边画着各种各样的画儿。有那些形态可爱的小动物，像兔子、大象、小狗、小猪、猴子等是最常见的。那画儿上的动物没有像如今的卡通形象，就是本真的可爱样子。画儿有可能是一名解放军，或者教师、医生等职业人物，这些人物也是我们敬重的对象。更珍贵的，画儿上有可能是某个故事中的人物，比如红着脸的关云长，比如黑着脸的张翼德。这些糖纸画儿，我们是不会轻易丢弃的。我们会好好地叠整齐，如宝贝般珍藏。

那糖纸最先从糖果上剥离，是带着甜味儿的，我们自然也不会放弃。我们会用鼻子小心地凑过去闻一闻，然后，伸出舌头，慢慢地舔上几下。至于糖果，放在手心里，并不急着放进口中。姑妈来时，会将带来的冰糖分给我和小我两岁的弟弟。我们两兄弟舔完糖纸之后，就看着对方，看对方将糖慢慢地放入口中时，自己才慢慢地放进口里。有时，就约定好一起放进口里。冰糖放入口中，我们也不会大口大口地吃，只是小心地舔着，慢慢地品尝那甜味儿。我们担心着，对方还在吃着冰糖时，自己却没有了。也就是在这慢慢品尝的过程中，我们感受到无比的幸福。那甜味儿，在我们的口中，却已经沁到我们的心里。

有时，我们兄弟两个也拿着冰糖在村子里转上一圈，让我们的小伙伴们看到我们的冰糖。我们在他们的眼光中，就又多了几分得意。而那些小伙伴们，也有拿着冰糖的时候，我们见了，也只有羡慕的眼神了。

更多的时候，我们会拿出自己积攒的冰糖纸画儿，在禾场上交流。其实交流的过程很简单，也只是让小伙伴看上几眼，然后，又像宝贝一样将糖纸收藏起来。

如今的小孩，他们的零食五花八门，他们是不会在意这小小的冰糖了。而这种享受冰糖的幸福，他们更是难以体验到了。

四、偷团子

儿时零食的匮乏，让我多了不少的趣事。

当时不过五六岁的年纪，享受零食是最美丽的事儿。一次父亲找村里的青叔有事，派我去叫他。青叔家离我们家并不远，我进到他家堂屋时就叫起了“青叔”，他在屋里正忙，应着我回答说“马上就来”。我突然看见桌子上有半个香瓜。这种香瓜圆圆的样子，金黄的瓜皮，口感特别甜。我们很爱吃，也叫它“甜瓜”。

“青叔，您桌子上的半个甜瓜有鸡在啄呢。”我大声叫道。

“那你，将它带走吃了吧。”青叔在里屋对我说。

很简单，我得到了半个甜瓜的奖赏。这是我的智取。我还能够巧得，不过，闹出了笑话。

在江汉平原有一种食物，名叫“团子”，用大米磨成粉之后，里边包上芯子，裹成一团一团的小球形。然后蒸熟，外边大米粉的酥软，里边包芯（可以是肉末夹豆腐，也可以是卤海带夹豆皮）的可口，成为只能在正月十五元宵节吃的美食。但偶尔，平常里也能做上那么一两次团子吃。团子，本来就有团团圆圆之意。

难得吃上一次，自然是一大家人一起吃，团团圆圆，和和美美。那年的五月，家里做了一次团子吃。每做一次，工序算是繁杂的，团子的个数一顿也是吃不完的。吃了一顿，剩下的团子就搁放在饭架子上。那时的厨房里，没有像样的菜柜，于是有些饭菜就用筲箕盛放了放在饭架子上，也利于夏天高温时通风保鲜。因为担心猫狗之类的动物偷吃，饭架子也架得高，通常会架在两米左右的屋枋上。

而这盛着团子的筲箕，就放在饭架子上。那一天，在父母下到田地里忙碌之时，我和弟弟两人的目光，就盯在了饭架子上的团子。我七岁，弟弟五岁。

我是哥哥，个头也高一点，当然由我上去取团子。我站到了厨房的餐桌上，但是仍然够不着。弟弟于是很麻利地将小凳子放在了餐桌上，让我垫脚，踩着凳子上去。果然，站在凳子上，我正好能够着饭架子了。我们很是开心。我伸出手去抓筲箕里的团子，刚刚拿了一个在手中，准备拿下递给弟弟，谁知脚下一滑，那个垫脚的凳子倒下了。我的动作也快，迅速丢下团子，两手抓住了屋枋。凳子歪倒，我双脚悬空了。弟弟见了，也不知所措。我心里一惊，有些害怕，担心自己掉下去，肯定会摔倒的。

但我并不慌张，对弟弟说：“你快点跑到外边去找爹爹（其实就是爷爷，我们口语叫作‘爹爹’）。”弟弟跑了出去，我紧紧地抓住屋枋不放，我觉得我一放，我摔下时可能就失去了生命。

大约过了十多分钟，弟弟从菜园里将爷爷找到，将仍然紧紧抓着屋枋的我抱了下来。然后，立即分给我们兄弟一人一个团子。我们又跳着叫着，跑出去玩耍了。

多年之后，我再用双手抓着屋枋，双脚悬空，想着要坚持那么十来分钟，可是，总是不到五分钟，我就不行了。我不得不佩服那时才七岁的我，居然有那么大的臂力和那么强的坚持力。

老家屋后大柳树上的花喜鹊

天边泛出一丝儿白的时候，花喜鹊的叫声响起来了。

黎明，这是村子里最准时的闹钟。

喳，喳，两只花喜鹊像一对新婚的夫妻般窃窃私语，叫醒了村子里的人们。

母亲起床了，拉开了家里的堂屋门。村子里，各家的大门，次第拉开了，间或发出吱吱的门轴转动声，算是和花喜鹊的声音应和着。

沉睡了一晚的小村子，开始了崭新的一天。那黑底的天空，慢慢碧蓝，慢慢亮白。有人开始在屋前的小路上慢慢地行走，和刚刚打开大门的老邻居有一句没一句地说着话儿。水塘边慢慢热闹起来了，洗衣的，淘米的，挑水的，时不时荡起一阵笑声。

喳喳，喳喳，花喜鹊们的声音也大了起来。不只是一对了，两对，三对，十多对，它们也起床了，立在柳枝上，开起了早会。又像是拙劣的歌唱选手比歌喉一样，因为叫出的声音并不婉转。可是，它们的样子却是美的，叫着时头和尾向下摇摆着，矜持着；不叫的间隙，头和尾慢慢上扬，炫耀着。

我们小孩子们也起床了，揉着惺忪的双眼，顾不上洗把脸，却站在我家屋前，对着屋后的大柳树叫上几句：“吵什么吵，这么早，我们还要睡呢！”说归说，花喜鹊还是叫个不停。其实我们心里也并不气恼，其实这些花喜鹊是我们喜欢的鸟儿。它们在我家屋后的大柳树上，已经生活了好些年。它们是我们最好的邻居，它们就是我家自养的鸟儿。

那时我家的老屋，是几间矮小的平房。中间是堂屋，堂屋的房梁上搁置着一些农具，有犁，有耙，有“独钓寒江雪”时穿着的蓑衣。堂屋两边是厢房，小小的两间屋子，大约仅能放下两张床罢了。右厢房前连着厨房，左厢房后就是那棵大大的柳树。

柳树很大，我一直认为那是我们村子里最大最老的树。我后来上中学查过资料，这种柳树，其实是枫杨树，大乔木，大多生长在屋后，可长高至三十米。它的名，也有地方叫它“麻柳”或“蜈蚣柳”。我猜想这名的来由，就想到这树的特征。树皮上是一条条纵深的裂痕，像一条条麻线，名之“麻柳”。它的果实一串一串的，像绿色的糖葫芦，又像长长的蜈蚣，名之“蜈蚣柳”正好。这果实，又像鸭嘴，我们小孩子亲昵地叫它“鸭比比”。

大大的柳树下，是我们小伙伴游戏的好天地。我们捉迷藏，我们滚铁环，我们“跳房子”，我们“斗腿架”。我们在大树底下乘凉，我们在大树下成长。靠近大柳树的树根，不到八岁的我曾经做过建筑师。我从房屋四周找到些半截砖头，又在旁边用水和泥巴和成泥浆，用泥浆和半截砖头砌成了小小的房屋。小小的房屋里，下小雨的时候，我缩着身子居然可以进去避雨。

这棵粗大的柳树，应该有二十多米高，小时的我几乎望不到树梢，但我可以看到树上的鸟巢。

这鸟巢，其实是在几里外也是能看见的。鸟巢不止一个，最多的时候有五个。最大的那个鸟巢，应该有接近一个平方米大。我曾细心观察过喜鹊筑巢的过程。喜鹊会选择柳树偏高的枝头，筑巢的工作得由雌雄喜鹊共同完成。筑巢的材料主要是枯树枝。丈夫当然疼爱自己的妻，衔树枝的任务当然交给了雄喜鹊。这大概是体力的原因，因为有些枯树枝确实有些重，即便是雄喜鹊衔来时也有些吃力。雌喜鹊呢，则负责设计共同的爱巢了。这巢，远看是一堆乱枝，其实精致得很。喜鹊不但善于编织，还善于抹砌。巢分为四层：最外层由杨、槐、柳枝叠成，枝粗细如铅笔，虽长短不一，但交错编搭非常牢靠，想单独抽掉一根是十分费力的；里面一层大多为垂柳的柔细枝梢，盘旋横绕成一个半球形的柳筐，镶在巢内下半部；再里面，第三道工序最为奇特，这是用河泥涂在柳筐内塑成的一个“泥碗”，碗壁上留下了深深的爪痕，显然这是用喙衔来一块一块的河泥，再用脚趾抓着“踏”上去的；最里面，还有一层贴身的铺垫物，这是用芦花、棉絮、兽毛、人发和鸟的绒羽混在一起压成的一床“弹簧褥子”。造巢的起初，喜鹊先在三根树枝的支点上堆积巢底，待铺到相当面积时，便站在中央沿四周垒起“围墙”，然后在“围墙”上支搭横梁，进一步封盖巢顶。巢顶厚实，枝条致密，骤雨下落，经久不漏。巢侧留一个圆洞，口径正适合喜鹊的出入。喜鹊营巢，常历时很久，从开始衔枝到初步建成巢的外形要两个多月，加上内部工程全部结束，约需时四个月左右。

喜鹊营巢，我家中的父母也在营巢，在经营着我们的家。

我们兄弟三人先后出生，家境一般，日子过得有些艰难。村子里一位上了年岁的长者对父母说：“你家不用担心啊，屋后有喜鹊，鹊登高枝，一定会喜上眉梢的。”后来村子里有人新婚，婚房的玻璃上总会张贴剪纸，那剪纸的内容正是“喜鹊登枝”。幼小的我于是知道，喜鹊是吉祥的寓意，是好运与福气的象征了。

一年又一年，我家屋后的花喜鹊不停地叫着。“喳喳，喳喳”，应该是叫着“喜事到家，喜事到家”的话语吧。喜鹊叫喳喳，好事到我家。我们兄弟三人成年后，我顺利参加了工作，大弟外出赚钱，小弟有了自己的公司。我们大家庭的家境越来越好。也许，这里边真是有花喜鹊们的一份功劳。

后来大学时，我读到唐代张鷟《朝野佥载》中的一个故事《鹊噪狱楼》，觉得也是记载着喜鹊的神奇：

贞观末，南唐黎景逸居于空青山，有鹊巢其侧，每饭食以喂之。后邻近失布者，诬景逸盗之，系南康狱月余，劾不承。欲讯之，其鹊止于狱楼，向景逸欢喜，似传语之状。其日传有赦。官司诘其来，云路逢玄衣素衿所说。三日而赦至，景逸还山。乃知玄衣素衿者，鹊之所传也。

“玄衣素衿”，不正是喜鹊的服装形象吗？一只喜鹊因为老吃“邻居”喂饲的饭食，对人起了感激之心，当主人落难的时候，不但亲自到狱楼上去传好消息，还化身为人，假传圣旨，帮助恩人脱难。这真是一个值得传颂的故事。

我又读到苏东坡先生的词《喜鹊》：

喜鹊翻初旦，愁鸢蹲落景。终日望君君不至，举头闻鹊喜。

牧童弄笛炊烟起，采女谣歌喜鹊鸣。繁星如珠洒玉盘，喜鹊梭织喜相连。

这时的喜鹊，是给人以美好期盼的象征了。人们说“鹊桥相会”，是一种磨难之后的惊喜与甜蜜。喜鹊啊，总是给人们带来美好！

喜鹊，曾被儒家尊称为“圣贤鸟”。这应该是有原因的。喜鹊一年到头，不管是鸣还是唱，不管是喜还是悲，不管是在地上还是在枝头，不管是年幼还是衰朽，不管是临死还是新生，发出的声音始终都是一个调，一种音。这正与儒家所倡导的君子品格相同：恒常，稳定，明确，坚毅，始终如一。

喜鹊如儒家的君子，我们却做不了君子。前些年，有人发现，如今的喜鹊，居然将巢安在了低矮的小树上，或者是光秃秃的电线杆上。有生物学家说，这是人类对喜鹊生存环境的破坏所致，值得人类思考。而我老家屋后的大柳树，也因为我家房屋改造，而被迫将其砍伐。大柳树被砍伐的当天，我故意不在家，因为我不想面对这样的现实。据说，那天下雨了，砍伐的时候花喜鹊们不停地叫着，大声地叫着，“喳喳，喳喳”，短促而有力，苦痛而无奈。大柳树倒下的时候，花喜鹊们的巢也倒下了，几个巢里有五六颗鸟蛋。我回家时没见过鸟蛋，倒认认真真地观察过花喜鹊的鸟巢。那一刻，其实我的心里流着泪。我没有碰鸟巢的一根树枝。

如今的我，生活在城市，有着满意的工作，有着幸福的家庭。有时看到喜鹊，甚或只是听到一声鸟鸣，也总会想起我老家屋后的大柳树，想起大柳树上的花喜鹊。那几声喜鹊的叫声里，有着我童年的影子。那时午后的阳光里，总是流淌着我快乐的歌谣。

第三辑

传递一束鲜花

那面贴满小红花的墙，是美好品德和优异成绩的象征，妻和女儿将它整理得更加美观，因为，我们觉得，我们在传递着一束鲜花。

大钥匙

大钥匙是一个人，一个四十多岁的男人。

人们和他不熟，他也和人们不熟。人们都不知道他的姓名，只因他胸口常挂着一把大钥匙，自然，都叫他“大钥匙”，算是他的姓名了。

他胸前的那把大钥匙，常年地挂在胸口，却没见生锈。倒是他的衣裳，成年脏兮兮的，似乎从来没有洗过。那把钥匙，他肯定经常用自己的衣角在不停地擦拭。好几次，我看见他将钥匙放进了嘴里，不停地吮吸，应该在给他那把大钥匙做清洁工作吧。

我每天上班，必须经过天人广场。每次上班，我都能看见大钥匙。远远地看去，他总在找寻着什么，也许是人们丢失在地上的钱吧。

那把大钥匙应该就是他家里的门钥匙了。我问在广场上卖玉米棒的太婆。

“他哪里有家哟。”太婆连连摆手。

太婆见我不想走，又告诉我说：“我在这广场卖玉米棒子卖了十多年了，他来这广场也有十多年了，也不知他是从哪里来的，他很少说话，像个哑巴一样。十多年了，他多半日子是在这广场上度过的，挨饿受冻，真是可怜啊……”

太婆话匣子一打开，说个不停。

再次见到大钥匙的时候，是在翠苑小区。大钥匙像只小鸡一样，被两个男青年拎着。大钥匙的头上、身上全是伤。一旁的红衣妇女大声地指着大钥匙骂：“哪个不要脸的东西，还想进我们家来偷盗，真是瞎了你的狗眼了……大家看看，我家儿子刚才放学回家，这东西就偷偷地跟上了，胆子大得很啦，居然跟到了家门口，我家儿子正掏出钥匙准备开门时，他就一把将我儿子的钥匙抢了过去。好在我正在家中，打开门看见了，一下子就将他给逮住了。要是我家里没人，不知道这东西会干些什么伤天害理的事出来……”

大钥匙刚才肯定遭到了一顿打。一会儿，110来了，将大钥匙带走了。我想说点什么，但什么也没说出口。

接下来的几天，我在广场就没见着大钥匙了。

一个月后，我到实验小学去接女儿。一阵叫喊声响起：“快抓住他！”就有人被路过的胖巡警扑倒在地。我一看，又是大钥匙。他刚才拦住了一个七八岁的小男孩，要抢那小男孩挂在脖子上的钥匙。大钥匙又被当场带走了。

这个大钥匙真是个不干好事的家伙了。我在心里想。

但几天后的端午节，广场上虽然人山人海，我还是在广场看见了大钥匙。他的脸上，还印着伤疤。我就抱怨那些不作为的警察来，为什么不将大钥匙这些做坏事的家伙多关上几天？

就在广场上的人慢慢散去的时候，人群中出现了骚乱。一辆红色小汽车的司机像是喝醉了酒一样，肆无忌惮地向广场冲来。人们纷纷避让，生怕自己被撞上。一个七八岁的小男孩，吓得不知所措，蹲在了广场上。那小汽车，像支箭一样，就要射向小男孩。就在人们吓得就要闭上眼睛的时候，一个瘦小的身影飞向了小男孩，一把推开了他。

是大钥匙！

他像一朵花一样，盛开在了广场上。那把大钥匙，挂在他的胸前，像那鲜嫩的花蕊。

小汽车被迫停了下来。车上的司机是个女子，因为感情受挫，喝多了酒，居然开车发泄。

前来处理事故的胖警察泪流满面：“你们知道不？大钥匙从没有做过坏事。他在十三年前来到我们这个小城，他是来寻找他家的儿子的。十三年前他七岁的儿子被人贩子拐走了。他只是听人说，人贩子将儿子卖到了这里，他就想着在这里找到自己的儿子。可是这些年来，他的钱花光了，人也急疯了，也从不说话了。他只想找到自己的儿子，于是，只要是挂着钥匙的七八岁小男孩，他都会上去看一看，想拉下小男孩的钥匙，和自己胸前的钥匙比对比对，如果是一样的型号，那一定就是他家的儿子……可是他没想到，十三年过去了，他的儿子已经二十岁上下了啊……”

三天后葬礼，在市公安局举行。长长的追悼会队伍里有一个我，我的身边，还有那个卖玉米棒子的太婆。

（入选湖南省娄底市2012年初中毕业学业考试试题）

点石成金：

“大钥匙”是个人，是个只为寻找走失的儿子的大男人。他用当年的一把“大钥匙”，比对着七八岁的男孩，一找就是十三年。他被人误会成小偷，他的心理应该也出现了问题（不然，为什么过去了十三年他仍然还是找七八岁的男孩？）。但是，他的良知仍在，他在车祸中救下了一名男孩，自己却离开了这个世界。

小说也讲究描写艺术，像“他像一朵花一样，盛开在了广场上”这样的句子，值得细细品味。

母爱是块大宝石

女人一直记得一件红外套。

那时的女人还是女孩，刚读中学的女孩。红外套是件呢子短大衣。

是个寒假，女孩跟着母亲上街。母亲的脚步走在前边，女儿走在后边。在百货商店里，服装柜台前，母亲走了很远，女儿却落在了后边。女儿止住了脚步，她的眼，盯住了一件呢子短大衣。

呢子短大衣，大红的颜色，像极了女儿红苹果般的脸。呢子衣前边的四颗大纽扣，像四颗闪亮的星星，不停地眨着眼睛。

母亲转过头，看不到女儿，却看到了女儿的双眼。女儿的双眼，那目光正射向那件红红的呢子外套。其实女儿也只是喜欢，也只是看看。她知道家中的困难，姐弟四个，都要吃都要穿，也都要上学，这些，都是要花钱的。上个月，家里卖好几大袋子棉花，也卖了不过三百多元钱。十六七岁的女儿，爱美这是天性，其实她看一看也就满足了。

母亲走过来，拉了拉女儿的手，想要和她一起走的，却看到女儿的眼睛，仍然盯在那红红的呢子外套上。

母亲停住了脚步。

母亲叫来营业员，问了价格，108元。母亲知道这是三大袋子棉花的价格了。

您要给女儿买吗？年轻的营业员问。声音很大，她担心这个母亲听不见。

是的！这个母亲声音也大。

年轻的营业员也多了一句话："我在这儿上班，这件衣服好，但价格有点贵，我想了好几个月也没有想到呢。"

这个母亲没有再接下去说。只是低头，从她内层的夹衣里，掏出了一张又一张的人民币。

一回到家，女孩立即穿上了红红的呢子大衣。衣服的颜色红红的，女孩的脸也红红的，像一幅极美丽的风景画。

女孩的名字也叫红。她知道，她的母亲只是个农妇。但她知道，母亲是个聚宝盆，母爱是块大宝石。女儿，在这里是能掘到自己想要的一块又一块宝贝的。

女孩如今做了母亲，她也有了自己的女儿。女儿如今也是像她当年的年纪，她常陪着女儿逛街。她只用眼轻轻一看，她就知道自己的女儿想要点什么。

当年，母亲给了她一块大宝石，她也想着给自己的女儿一块大宝石。

神枪手

他像根铁钉一样钉在那儿，不，他就是一棵生长在那块小土坡上的树，静静地站立在那密林不起眼的角落。

他其实更像是一只大大的青蛙，趴在小土坡上，一动不动。从半夜开始，他趴在这儿已经是第十一个小时了。

十一个小时一动不动，对于他，一个优秀的狙击手，狙击手中的神枪手来说，根本算不了什么。在他的神枪手生涯里，他曾经在一个水库里待过二十二个小时，最终成功地完成了任务。在他执行的任务中，只要目标出现，他从来没有失过手，又快又好。战友们叫他“神枪手”，他只是笑。

这一次，他的任务也简单。据最可靠消息，在这两天里，敌军的二号首长会出现在他面前山坡下的小路，前往敌军总部，他的任务，就是当目标出现时立即将其射杀。

十一个小时里，他喝了两次水，是用吸管在右肩的小水袋里慢慢饮用的。喝水，也是他这十一个小时里最快乐的享受了。他是绝不能暴露自己的，暴露自己，就意味着自己会随时牺牲。他在刚趴下的几分钟里，就完全熟悉了这里的环境。他看到左边的山坡上有二十三棵树，第三棵树最粗，可能会派上用场。而右边只有八棵小树，再就是疯长的野草。七种野草中有两种是有毒的，不能让它的汁液沾在自己的皮肤上。地上的蚂蚁有些烦人，它们玩笑似的曾钻进自己的裤裆，极痒的感觉，难受，也只能忍着。有三只老鸦在右边第三棵树上歇息，时不时有着亲密的话语。

天色这时已经大亮。这十多个小时里，他的右手食指总是紧紧地吻着扳机，随时准备射出那长着眼睛的子弹，在0.1秒以内射杀目标。风速不大，他仍然将枪调整成6点钟的方向，这样对子弹的射出更没有影响。

太阳已经跳出了山。他看见不远处的房屋，有炊烟袅袅升起。他看见下边小路上的小草，小草上有露水，晶莹剔透，像珍珠一般。小草间点缀着或红或白的小花儿。

有声音，不大。一个小女孩，不过六七岁，蹦蹦跳跳地从五十米的远处走来，口中哼着儿歌，他不知道是什么名字的儿歌。后边，跟着的是她的奶奶，不停地叫唤着，应该是叫唤着让孙女慢些走。

他的右手食指，紧紧地吻着扳机。

他想起了两千公里外的女儿。他已经三年没有回家了，女儿已经八岁了，身高肯定超过1.2米了。她肯定也会蹦蹦跳跳，肯定也会唱儿歌，肯定也会唱得很好。女儿会比他唱得好，比她的妈妈唱得好。她的妈妈，那个做着小学老师的妻子，现在应该在教室里教孩子们学习了。还有，家中的老母亲，她的腿应该好起来了，应该不用拐杖就能走路了吧。

他看到山坡前小路上的小花儿在随风摆动，有淡淡的花香传来。那个小女孩和奶奶走得远了，只看得见背影了。

他将头轻轻地向前伸了伸，想再看一看，那个蹦蹦跳跳的小女孩和奶奶。

他的身体，却轻轻地歪在了小山坡。有子弹，一颗长了眼睛的子弹，射入了他的右胳膊。他感觉，那长了眼睛的子弹，是从那有着淡淡花香的小花那儿飞过来的。

他的右手食指，仍然紧紧地吻着扳机。

他是从小山坡边被战友及时救出来的。在营地里，医护人员为他取出了右胳膊上的子弹。他看着那子弹，眼睛狠狠地盯着它。医生让他休息三天，他当即就向首长请求，退出狙击手的行列。跟随了他十二年的那把狙击枪，他轻轻地放在了首长的桌子上。

一个月之后，他申请退伍，回到了家乡。几年后，有战友坐了火车又坐汽车，远远地跑来看他，在饭桌上亲热地叫他“神枪手”，他居然动了拳头，打了多年的战友。饭没有吃成，闹了个不欢而散。

有人也偷偷地叫他“神枪手”，但是，更多的人就狐疑：他是神枪手吗？他真会开枪吗？他总是不出声。静下来的时候，他就用左手手指，轻轻地抚摸着右手食指的指肚。那指肚上，全部是厚厚的茧子。然后，他会自个儿海喝一顿酒，一斤开外的高度老白干。

他最喜欢听女儿唱歌，喜欢送女儿上学。他已经八岁的女儿一路上蹦蹦跳跳，像只快乐的小百灵。

（入选陕西省安康一中2017—2018学年第一学期初三第二次月考试题）

［入选人民教育出版社出版2018年秋九年级语文（上册）检测试题］

点石成金：

神枪手是个真正的神枪手，但是在一次行动中失手了，因为他看到一名老太太带着的像自己女儿一样的女孩。他主动申请退伍回家，他想起了他自己的女儿。他的心里，其实是仍然想做神枪手的。

刻画一个人，不妨有时就写其内心的矛盾，来突出其性格特征。

女儿很幸运

女儿很幸运。

她出生时，很幸运。她没有像有些新生儿倒产，一切很是顺利。一出生，便向世界发出了响亮的哭声。

女儿才几个月，很幸运。她像吃了助长素一般，一下子由出生的“小丝瓜”样长成了圆圆的“大冬瓜”，她就这样迫不及待地炫耀着自己健康的身体。

女儿三岁了，很幸运。她每天可以穿着不同的漂亮衣物，在小朋友的身边穿来穿去。她的头发，每天可以梳理成不同的发型，一个髻，或者两个髻三个髻，甚至是十个小发髻。她眨着漂亮的大眼睛，更加可爱了。

女儿上小学了，很幸运。她本来和同桌的小男孩闹了点小矛盾，谁知道，第二天，那个调皮的小男孩倒是先和她打了招呼，还给她带来一根最爱吃的棒棒糖。

女儿读中学时，很幸运。她的数学成绩不大好，偏偏，她被分到了数学老师杨老师做班主任的班上。不到一学期，在杨老师的帮助下，女儿的数学成绩跟上了进度。又是一学期后，女儿的学习居然名列前茅了。

要读大学了，女儿很幸运。女儿来到省城的这所大学，觉得很满意。这所大学的环境美丽，那一草一木，那建筑样式，就像按女儿的审美观来设计的一样。女儿的学习也就安心了。

女儿恋爱了，很幸运。她的周围有过好几个优秀的男生，但是她做出选择之后，觉得是真正遇上了自己想爱的人，刚好，这个男生也爱着她。

女儿成家了，很幸运。她有了自己幸福的小家，她觉得生活对她是如此的偏爱。

一年之后，女儿也有了自己的女儿。可是，她的心里，却觉得不是那么的幸运了。她抱着自己的女儿，她看到自己的妈妈就躺在自己身边的沙发上刚刚睡着。

她猛然懂了。

自己出生那么幸运，是不爱运动的妈妈在生产前好几个月每天都在坚持做运动。几个月的自己就长成了“大冬瓜”，那是因为不爱吃荤的妈妈吃鲫鱼吃猪蹄在补奶水，于是自己就有了充足的奶水，有了生长的营养。三岁时，那不同发型的小发髻，是妈妈买了一本图案书，照着训练了好几天才学会的。上小学时，那个调皮小男孩不再调皮，是妈妈当天晚上找到了他买给他一大盒棒棒糖的原因。读中学时，能够分到数学班主任杨老师班上，是因为妈妈之前就找到自己的老同学接近了杨老师。能够上自己喜欢的那所大学，是妈妈在那个高考之后的暑假，去了好几所大学校园考察之后，按女儿喜欢的审美风格做出决定的结果。最后她能够找到自己喜欢的那一半，自然，妈妈对女儿周围的好几个优秀男生进行了观察，和其对话。

女儿流泪了。她知道，其实女儿几乎所有的幸运，并不是生活的偏爱，而是自己亲爱的妈妈一直在默默付出。

将过去串成故事

女儿就要读高中了，很是懂事。一听说可以向灾区捐献衣物的消息，她高兴得跳了起来，“我有很多哩，我有很多哩。”不一会儿，女儿搬出了大大的两包衣物。我和妻子就帮着她整理。女儿可大方了，将我曾花了八百多元给她买的一件羽绒衣，她小姨从上海带回的围巾都给捐出来了。妻子见了，就说：“呵，女儿真是大方了，这羽绒衣虽说小了点，还是留着吧，你老爸买来时花了八百多元哩。”女儿不听：“我已经穿不了了，捐给灾区，算是我的一份功劳吧。”我和妻子就不再说什么了。

可是奇怪的是，就在第二天，我和妻子在女儿房间发现了另外的几件衣服，小，也旧，放在她的衣柜里。妻子将一件最小的裙子抖了一下说：“这件啊，是女儿三岁时穿的哩。”“大概是她忘记捐这几件了吧。”我小声地说。

女儿放学的时候，妻子就问起了这事儿。女儿一笑，说：“是我有了点私心啊。”我和妻子不解地望着她，她又说：“这四件衣物啊，是我的过去，是我过去的美好，我要将这过去串成美好的故事。”我和妻子就更不懂了。女儿就走近了，拿起衣物说：“你们看，这件小碎花裙子是我三岁时穿的，那时我刚进幼儿园，我就是穿着这小碎花裙子跳《洋娃娃和小熊跳舞》这支曲子的，这是我学会的第一个舞蹈哩。这第二件白衬衫，是我读小学三年级做少先队中队长时常穿的，那中队长的标志我还留着，不信，你们看看。”说着，她果真还拿出了个“二”字形中队长标志。

女儿将我们引进了回忆，我们来了兴趣。女儿又拿着一双破了洞的袜子说：“这是我调皮的记忆呢。十岁了，大冬天的我用火柴烧袜子做试验，看能不能烧着，将袜子烧了个洞，也将我的脚烧得生疼。还有这件黑色的长裤，是我十四岁时穿的，我最喜欢，可惜的是我个子高了，裤子短了，不然，我还想着穿哩。”

我们听着，仿佛看见一个小女孩一天一天地正在长大，三岁、八岁、十岁、十四岁。只是几件旧衣物，却被女儿串成了一个个美好，成了一个美丽的故事。

可是生活中的我们，何曾将自己的过去串成了故事呢？

我站在他们身后

那是我第一次到达上海，这座东方大都市。有人说："到上海不到南京路，等于没到大上海。"这是个周末，人多，我当然要去热闹的南京路步行街转转。

就在步行街口，"南京路步行街"六字石碑的前面，我看到了那标志性的雕像《母与女》。雕像是真实比例，一位母亲，正牵着女儿悠闲地走在步行街头。

我来了上海，当然想着要在这标志性的雕像前留下自己的身影。谁知，和我想法相同的外地游人不少，他们一个又一个向前挤着，都想着在雕像前留影。一个年轻的妈妈，带着不过五六岁的女儿，伸出了大众化的剪刀手，微微地笑着。然后，是个七十多岁的老太太，紧紧地跟着上前，指挥着前边拿着相机的老头儿，又拍下了几张照片。我的前头，还有二十多个人等着在雕像前拍照。有好几个游客拼命向前挤着，担心自己拍照的机会被人挤走了。有来不及等待的游人，也在雕像边上匆匆地留个影，然后离开。

这时，我的眼光盯在了边上。两个农民工模样的中年男子，也不停地向着雕像靠拢，想着在雕像前用手机拍张照片。他们穿着工作服，工作服上依稀有着三三两两泥点的痕迹。他们想着排队，却担心人多，弄脏他人的衣服。他们只得站在旁边，满怀羡慕地看着别人一个又一个地拍照。

终于，轮到一个中年女子拍照了。只见她轻轻地走出来，站到了那两个农民工面前，说："来，来，我知道你们二位想着拍照，请你们先拍几张照片吧。"两个农民工拍了拍身上的衣服，有些受宠若惊的样子，走到了雕像前，他们相互拍着照片。中年女子又拿过他们的手机，替他们拍下了一张合影。我站在他们的身后，也拿出手机，拍下了他们的合影照片。照片中，有两个农民工，还有那个中年女子。中年女了穿着碎花的连衣裙，走起路来，像个起舞的仙子。

农民工歉意地说着"谢谢"，然后走了。中年女子站在了拍照队伍的最后头。有人就猜想他们之间一定是相互认识的。中年女子笑了笑，轻声地说："他们的穿着我们认识啊，肯定是大上海的建设者，没有他们，就没有一座城的发展。我，应该站在他们的身后。"我想了想，确实啊，这话不是套话，是一个人对另一个人发自内心的尊重。

我站在雕像前，自拍了几张照片。然后，就在离开的瞬间，偷偷走到中年女子背后，站在她的身后，拍下了她的背影。她身上穿着的碎花连衣裙，格外地漂亮。

自己的光明就在眼前

1982年，我九岁，我的弟弟七岁。

在乡下，每年的除夕夜和元宵节，孩子们都会提着灯笼出来玩。除夕夜本是伸手不见五指的，有了灯笼的光亮，到处都散发着温馨了。元宵夜是有月亮的，但还是有伙伴将自己心爱的灯笼提出来游走，那灯笼泛着淡淡的光，像是眨着迷人的夜的眼。

但这一切，似乎与我、与我的弟弟没有关系。

我们没有灯笼。

在这之前的两年，父亲说，你们俩都还小，买灯笼的事等两年再说吧。我们两兄弟，就用羡慕的眼神看着一个个如流星般走过的灯笼。之后的一年除夕，父亲说，你们两兄弟想提灯笼出去啊，也来不及买了，这样，今年的除夕你俩打着家里的手电筒出去玩玩吧。晚上，我们兄弟俩就打着手电筒出去玩了。黑黑的夜里，我们听到了伙伴们鼻子里发出的声音，那声音里满是瞧不起的意味。

其实，我们兄弟知道，父亲并不是不想给我们上街买来灯笼，是因为家中的日子实在是太窘迫了啊。病床上常年睡着我的爷爷奶奶，我们兄弟俩上学也还得花钱，还有，一年到头了，家人还得有计划地添点新衣裳，或者买点年货。

但是，就在这一年的腊月三十，父亲上街回来，给我们买回了两个灯笼。父亲是挑着一担柴上街的，是卖了柴给我们买的灯笼。

我们高兴得跳了起来。

可是，父亲没有买灯笼专用的蜡烛，那种能够淌着眼泪的红蜡烛。

“没有买蜡烛，省下的钱就可以给你们兄弟俩一人买一个灯笼了，不然，是只能买一个灯笼的。”父亲说。

但是，父亲又说：“孩子，自己的光明就在自己的眼前啊。”

他找来了两个旧的墨水瓶，清洗干净，倒进去煤油。又找到母亲缝补衣物废弃的线头，用来做灯芯。

这一个的除夕之夜，我们兄弟两个提着灯笼出去的时候，成了伙伴们的焦点。因为我们的灯笼比他们的都亮，而且，我们的灯笼用不着换蜡烛，亮的时间长。他们的红红的蜡烛，只是亮上一会儿就熄灭了，又得央人换上一根蜡烛。

伙伴们就都让他们的父亲来向我们的父亲请教，父亲也只是笑了笑，又说：“自己的光明就在自己的眼前啊……”

多年以后，我读书，参加工作，成家，每每遇到困难的时候，我总是会想起父亲那时说的一句话：自己的光明其实就在眼前啊。

倾听生命的叮咚声

小时候听歌曲《童年》，我会时不时地哼上几句：“一天又一天，一年又一年，迷迷糊糊长大的童年。”就在这迷迷糊糊之中，在无忧无虑之中，我们似乎很快就长大了。居然，就像是眨眼之间，我已步入不惑之年。

时间的脚步啊，一刻也没有停止过。

记得那时父亲有一本台历，红色的封面，上边画着的有跳动的鱼儿，或者是大红的仙桃，这是一种吉利吧。这台历，一张日历就是一天的日子，“日子”里有这一天的阴历、阳历、星期以及重要节日、重点农事的提醒。第一张“日子”当然是元旦。父亲偶尔会在上边写“又是一年，新的开始”之类的话语。然后，父亲每天都会和这台历亲密接触，他会在上边写下一天重要的事，也会记下家里的收支情况。有时，买了一碗豆芽菜，他会准确地记下“豆芽1斤，5毛”。他与友人聚会，他也会写下“聚会”，会列出聚会人的名字，有时还会写下当天的心情。父亲在写的时候，我也在一旁看着。偶尔，父亲也会让正读小学的我动笔，帮他记下当天的事情。那时我们家有三兄弟，家境不大好。但父亲每每走到这台历前时，总是面带微笑的。日子一天一天地过去，我们一天一天地长大。我们一家人，快乐地生活着。

后来我参加了工作，也在我的办公桌上安放了台历。我也学着父亲的样子，时不时地在台历上写一点什么。我的生活，就在这一张又一张的日历中翻过。我每天看书，坚持写作，认真工作，我觉得充实。我一天又一天地成熟，一天又一天地进步。

不知是什么时候，我有时居然会忘记我的台历。有时，过了好几天，我的台历也没有翻过新的一页。我开始觉得日子过得快了，我似乎觉得我的工作更忙了。我说，我的时间不够了。

于是，用上了挂历。挂历是一个月一张，上边是大幅大幅的图片，下边是一整个月的时间表。当然有阴历和阳历，以及星期几的提示。我觉得轻松多了，时不时地，我也会在挂历上做一些记号，记下一些特殊的日子，算是对自己的提醒。可是，一段时间之后，我居然会忘记我的挂历，因为，我又有两个月没有翻挂历了。已是深秋十月，我的挂历还是“八月”的那一张。我啊，觉得时间过得太快了。

这样，我选择了年历。一年十二个月，这十二个月的时间表全在一张精美的大纸上。这大纸上，也许还印上了美女的图片呢。我觉得这是个好的选择，我拿起笔，圈下了其中的某些日子，这些都是有纪念意义的日子啊。谁想，我用红色笔标记的弟弟的生日，我居然忘记了。我看了看日子，这已是一年的最后几天了。时间真是快啊。

我在想，我是不是应该回到台历的岁月？我的日子，应该还是一天一天地来度过。认真过好每一天，其实是延长了生活的长度，拓宽了生命的深度啊。

白驹过隙，忽然而已。一天一天地度过，倾听自己生命的叮咚声。

传递一束鲜花

那时候我和妻子年龄还不大，女儿小菡也不过三岁，刚上幼儿园。我们没有积蓄，和很多结婚不久的夫妻一样，也就没有自己的住房。我所工作的学校，福利房不多，想要分到学校的福利房，我们是没有资格的。

好不容易，有教师调出学校，学校就空出了间房，工会干部就通知我说："大好事哩，你能搬进学校去住了。"我们一家三口确实高兴了一阵，就忙着拿了钥匙去开门清理房间。因为人家搬走了，房间里大多是一片狼藉。这种房间不大，也不过三四十平方米，大多让青年教师居住。开了房门，我们并没有看到狼藉的场面，倒觉得很是干净。妻啧啧称赞说那搬走的老师有品质，能在他住过的房子里住算是幸福哩。她又里里外外看了看，一会儿，她叫道："你们来看，这面墙他怎么还没清理哩，有一点脏乱。"我和女儿小菡忙跟了进去，这是一间小房，大概是小孩子住的房间了。迎面的那扇墙上，贴着大大小小的红花，有的颜色很是鲜红，有的几乎褪成了白色。

妻和小菡在默默地数着有多少朵小红花。"有124朵哩！"小菡跳着叫道。

"谁家的小孩子，真是优秀，能得这么多的红花！"妻感叹地说。

我走近细细地看了看，好多的红花上是有姓名的。有王小亮，有李梅妍，有张镇。原来这些小红花不是一个小孩子的。最早的王小亮小朋友有21朵，然后李梅妍小朋友有48朵，剩下的全是张镇小朋友的了，他的最多。

“住了三户人家了，怎么都没清理干净啊？”妻说。她准备拿工具来清理这面墙。

我笑了笑说：“你说这面墙有必要清理干净吗？”

妻恍然大悟似的，牵过小菡，问道：“小菡啊，我们三个人搬进来了，你住哪间房啊？”小菡想也没想，说：“我就住这间，这间红花多，我要得红花，比他们还多。”

我和妻都笑了。我在心里感激着以前住过的三家人，看着那面墙上的小红花，我觉得就是一束最鲜艳的花。是他们，又将这束鲜花传递给了我们。

女儿小菡住进了小房间，小菡的红花接连不断地贴了上来。等到她上小学的时候，居然又贴上了70多朵最鲜亮的小红花。然后，她以优秀的品德和优异的成绩升入中学。

后来因为我的工作调动，我们又搬了家。搬家的时候，我们将房间打扫得干干净净。那面贴满小红花的墙，妻和女儿将它整理得更加美观。

因为，我们觉得，我们在传递着一束鲜花。

小小建造师

曾经，我是个小小建造师。

那时，我还只是上小学三四年级，我迷上了建造，建造我自己想要的小屋子。

最先，我建造的是简易的小屋子。小屋子的选址大多在我家屋子的后门处。我会倚靠后墙，依墙而建。先慢慢地平整一小块空地来，不过一个平方米的样子。然后，找四根手指粗细的木棍，用力地插在地上，这就成了小屋子的柱子。小屋子的檩子，选用了最简单的麻梗，一根一根地用钉子钉上去。这样的屋子是不能盖上瓦片的，因为我选用的柱子承受不住重量。不过好办，我四处寻找那些废旧的塑料亮纸，塑料亮纸只是小块小块的，我又细心地将它们重叠，让屋顶成为完整的一大块。我的小屋子的四周，我照样用废旧的塑料亮纸围住三面，只留下一面，算是门了。

我家中有小弟，只是小我一岁多。建造房子，他当然是我最好的帮手。我们两人联手，建造这样的小屋子不要一个小时就成功了。建造好了第一个小屋子之后，我会帮着弟弟再建造同样的一个小屋子。然后，我们坐在自己的小屋子里，你看着我，我看着你，笑个不停。这样的小屋子，其实也仅能容下我们小小的身躯呢。这样的小屋子，我们每个星期都会建造一次，建了再拆，拆了再建，乐此不疲。

我们的建造水平慢慢提高，我们的小屋子建造得更美更实用。我和小弟认真地观察过砌墙的瓦工师傅，大略地知道了砌墙的方法。于是，我们的小屋子不再簡陋。它的三面，我们全部采用了砌墙的方式。而砖的来源，就在房前屋后，那些随处可见的半截砖成了我们喜爱的建筑材料。偶尔有整块的红色砖块，会让我们欣喜一阵。我们慢慢地琢磨和泥的诀窍，懂得了这砌墙的泥宁可干一些而不能太稀的道理。小弟找到了一把旧的瓦刀，让我砌墙派上了用场。最初的砌墙，砌不到半米高，墙却倒了。我们知道除了因为泥的黏度不够外，应该还要注意慢慢升高的墙体是绝对不能倾斜的。于是，我们借用了细长的棉线，系上小瓦片，让其自然垂下检测墙体是否倾斜。从技术层面解决了问题，我们小屋子的墙体可以达到一米以上高了，这正是我们想要的高度。小屋子的椽子，我们选用那些笔直的粗树枝来充当。这样，小屋子的屋顶盖上了瓦片。小屋子的南面，我们是不用砌墙的，这里照样是门。我们寻找到成形的木板，用斧子稍微修理一下，成了我们小屋子可以自由开关的门。

建造完毕，我和小弟会立即坐进我们的小屋子。这样的屋子，我们是不拆除的，它是完全可以遮风避雨的。好几次下雨的时候，我们高兴地坐在我们的小屋子里，看雨水从小屋子的屋檐，一滴一滴地落下。

两个小小少年的幸福，就在这一滴一滴的雨水声中荡漾开去。

随着季节的变换，我有时也“建造”一些不同的小物件。“树叶青，放风筝；树叶落，打陀螺。”在草长莺飞的春天，我会用废旧的报纸糊成纸风筝，迎着春风，将这些可爱的小精灵放飞到蔚蓝的天空。比我更小的小朋友，跟在我的身后，一片欢呼雀跃。金黄的秋日到来时，我会自制陀螺。选用那些不过手腕粗细的木棍，截取六七厘米长，然后，在一端慢慢地削尖，慢慢地磨圆。有时，我也会在陀螺的尖头上安放一颗极小的铁弹子，这是有助于陀螺旋转的物件。当我在禾场上对着陀螺自由畅快地挥起长鞭时，我的快乐就随着陀螺不停地旋转起来。曾经，我自制陀螺一个又一个，几乎要装满一箩筐。父亲笑着对我说：“真了不起啊！读书学习，也应该是这样的啊。”我也只是笑。父亲当然知道，我的学习成绩一直是名列前茅的。那飘飞的风筝，那旋转的陀螺，这些小物件，成了我记忆中最瑰丽的珍宝。

小小建造师，总是在建造着自己的梦想。建造的过程，其实是在不断地磨炼自己，提升自己。慢慢长大的我们，沿着梦想的丝带，一路建造着自己的未来。可如今成年的你我，又将建造些什么呢？

母亲鞋

我出生在一个并不富裕的家庭，父母生下了我们三兄弟。我是家里的长子，听说在我之前是有个姐姐的，但只存活了几个月就夭折了，父母伤心了好一阵子。大弟比我小一岁多，小弟比我小六岁。那时人活着每天能吃上点什么都是难事，更不用说脚上的鞋还来讲究点什么了。

但是，我们三兄弟脚上总是会有鞋的。

我们穿的是母亲亲手做成的布鞋，温暖，舒适。我们叫它母亲鞋。

那时每到夏秋时节，母亲就开始张罗起来。她先将家里人破烂得再也不能穿了的衣裳剪成一块块的碎片，这是做布鞋的原料。这些碎片有大有小，有红有绿，有方有圆，煞是有趣。然后，她将家中不能吃的细米碾碎，熬成面糊。再找来一大块木门，将那些七七八八的碎布片用面糊糊在木门上。天气晴好的时候，母亲就将这块木门搬到外面晒一晒。用不了几天，碎布片晒干了，也就成了一整块了。这是用来做鞋底的。这样的鞋底厚实，耐用。

等到阴雨天的时候，母亲就搬出了她做鞋的家什——一个小提篮，小提篮里有针线，有剪刀，有顶针（纳鞋时起到让针不扎手的作用，我后来在学校学到顶针的修辞手法，不知这种修辞是不是和这个小东西有关），还有一个小布包。

小布包里最有趣，有很多用红颜色的笔画的鞋样，这对于当时见美术作品见得极少的我们来说又是一番惊喜。母亲也将小布包看得很珍贵，每次只是让我们看上几眼，就关上了。当然，看的时候，母亲心中就有了一双鞋的样子了。于是母亲就开始剪起来，那剪刀像张着口的小怪兽，不停地吃着东西，一会儿，一个鞋帮就剪成了。鞋帮不只是一层，有三四层吧，我记得母亲每次要用面糊粘好几次。至于鞋底，那就不只是三四层的活了，母亲将先前晒干的碎布片剪成鞋样，再重合在一起，应该有十多层吧。后来，听歌星蔡国庆唱《中国人》这首歌时，我才知道这种布鞋学名叫“千层底”。千层底，多么形象啊，蕴进了天下母亲千般的爱。

纳鞋底是我们认为最有趣的事儿了。眯着眼睛，母亲一会儿就将线（我们叫它“索子”）穿进了小小的针眼。纳鞋的时候，母亲左手拿着鞋底，右手拿着针线，一会儿将针插进鞋底，一会儿又迅速抽了出来。线还长的时候，就像是拉着小提琴一样，悦耳的音乐就从母亲的手里流了出来。不一会儿，线就短了，母亲仍然忙个不停，像在侍弄自己的婴孩一般。看着有意思，我们也就想来玩玩，母亲笑着让我们试了试。我拿起针，使出了吃奶的力气，那针，却像没了尖头一样，一动不动，插不进鞋底，母亲倒笑着说：“这是要有功夫的啊。”我们兄弟就惊了起来：“哎呀，这还要学武功啊？”说得全家人都笑了起来。

我们穿着母亲做的“千层底”，从咿呀学语走到了小学校，从小学校走到了镇上的初中。曾经，我发现母亲做的鞋比村子里的小伙伴们穿的鞋要好，因为我们脚上的鞋可以穿上一年多，他们的只能穿一个季节，而且，有时我们的鞋在下雨的时候也能穿的。在我的一双鞋底终于破了的时候，我发觉，我们的鞋比伙伴们的鞋要多两层哩。“多一层的鞋底都难纳呀，你的母亲不知哪来这么大的力喔？”一个小伙伴不由得感慨说。我心想，难怪，我们的鞋也暖和得多呢。

就在我读初三时，看到校园里到处奔跑着的是白亮亮的球鞋时，我一把丢过母亲做的布鞋，说：“不穿了。”母亲听了，小声说道：“不穿就不穿吧，我知道，现在的孩子都嫌母亲做的布鞋丑啊，明天我们上街去买双球鞋吧。”这样，我结束了我穿布鞋的历史。我不知道当时不懂事的我是否伤了母亲的心，但我从那时开始明白，真正懂得孩子的，还是自己最亲爱的母亲啊。

后来参加了工作，穿上了亮锃锃的皮鞋，我觉得这是多么的有派头。可是，常常是我一回到家就忙不迭地换上了拖鞋。穿皮鞋，脚不透气，不舒坦啊。于是我就上布鞋店去，买了一双回来。穿上，却总觉得不踏实。走起路来，也不是那么顺溜。

我又想起母亲的布鞋。但是，母亲老了，母亲不能为我们纳上一双双布鞋了啊。

走了那么多的路，我还是觉得穿着布鞋走的路最顺畅，最得劲。穿了那么多的鞋，我还是觉得母亲做的布鞋最舒坦，最温暖。

母亲年纪大了，是不能给我们兄弟做布鞋了的。现在，是我们做儿子的给她买鞋的时候了。

我参加了工作，搬到了县城住。回乡下老家看母亲的时候，我就想到要给她买双皮鞋。那次刚好是在她的生日之前，于是我就想着要送一双鞋给她做生日礼物了。上街去，我看中了一双黑色的皮鞋，大小是37码，价格也不算高。我立刻买了下来。到了家中，我拿出鞋，母亲好是惊喜，说："让你买什么鞋啊，费些钱的。"邻居就有人过来，羡慕不已。母亲的声音就更大了："这是我的老大给我买的哩，真好真好。"我的心里就更有了一种幸福感。但是，之后的很多日子里，我从没有看到母亲穿上我买的那双黑皮鞋。我问母亲为什么，母亲说："舍不得啊。"一会儿，小弟在我耳边小声告诉我："哥，你买大了，母亲的脚哪有那么大？"我偷偷看了看母亲的脚，真是的啊，我的那双鞋买大了。去年过年前，我又想着要给母亲买双鞋，就买双老年布鞋。这下我特别注意尺寸，挑了又挑，选了又选。一拿回家，我就对母亲说："妈，上次给您买的鞋大了，这次肯定是不会大的。"我赶紧让母亲试了试，呵呵，倒小了一点。母亲却说："蛮好蛮好，这次真的蛮好哩。"我还是将这话说开了："唉，上次给您买大了，这次买小了，做儿子的不称职啊，竟然不知道母亲脚的大小。”

母亲接过话说：“只有做妈的知道儿子脚的大小，哪有儿子知道母亲脚的大小的啊？”我听了，心里有一股酸味要涌出来。天下，母亲最伟大啊！

今年又快到了母亲的生日，我想着还是给母亲买双鞋。

“要是又买得不合适呢？”小弟说。

“今年啊，我将母亲带上街去买，还能不合适吗？”我得意地笑了起来。

今年，一定能给母亲买双合脚的鞋，我坚信。

端午的龙船

端午是有不少的习俗的。

大作家汪曾祺老先生曾写过《端午的鸭蛋》一篇美文，选进了语文教材。写鸭蛋之前的文字这样写习俗：

……系百索子。五色的丝线拧成小绳，系在手腕上。丝线是掉色的，洗脸时沾了水，手腕上就印得红一道绿一道的。做香角子。丝丝缠成小粽子，里头装了香面，一个一个串起来，挂在帐钩上。贴五毒。红纸剪成五毒，贴在门槛上。贴符。这符是城隍庙送来的。城隍庙的老道士还是我的寄名干爹，他每年端午节前就派小道士送符来，还有两把小纸扇。符送来了，就贴在堂屋的门楣上。一尺来长的黄色、蓝色的纸条，上面用朱笔画些莫名其妙的道道，这就能辟邪么？喝雄黄酒。用酒和的雄黄在孩子的额头上画一个王字，这是很多地方都有的。有一个风俗不知别处有不：放黄烟子。黄烟子是大小如北方的麻雷子的炮仗，只是里面灌的不是硝药，而是雄黄。点着后不响，只是冒出一股黄烟，能冒好一会。把点着的黄烟子丢在橱柜下面，说是可以熏五毒。小孩子点了黄烟子，常把它的一头抵在板壁上写虎字。写黄烟虎字笔画不能断，所以我们那里的孩子都会写草书的

“一笔虎”。还有一个风俗，是端午节的午饭要吃“十二红”，就是十二道红颜色的菜……

我们江汉平原水乡，和老先生的江南，端午的习俗大多是相近。只是没有吃过“十二红”，其他的我小时候都见过。但听说雄黄酒有毒性，所以现在的人们早已不喝了。倒是在家门口挂些艾草，有些气味，算是驱邪吧。直到艾草枯成了叶也不取下来，想来应该是有些功效了。我们小孩子盼望着端午，其实也是想着吃到新上门的女婿（大多是嫡亲的，也可以是房族里不太亲的）送来的馒头包子和油条，那是极少有零食时代的我们的最爱。我们不知道，这些最爱食物的代价，父母是出了更多的钱的——必须给上门女婿打发钱。

我们这儿的特别之处，有三个端午节，五月初五是小端午，五月十五是大端午，五月二十五是末端午。每个端午，当然都是节日。如今，要是“全国假日办”知道了这事儿，不知是不是给我们多些假日呢？

水乡五月芦苇秀，十里八乡粽飘香。若闻远处锣鼓响，便是小河来龙船。有关端午的记忆，打着故乡的烙印，每到这个时节便如约而至，回荡在深深地脑海中，萦绕在长长的岁月里。

农历五月，正是中稻插秧的时节。虽说有些忙，但是也少不了串串亲戚，看看龙船。每年五月照例会有几场龙船会，那个时候几乎每个村子都有龙船。母亲曾说，那龙船划的场面有点狠，有的直接拿船桨去砍人，看龙船时得小心着。我知道母亲这是在提醒我们注意安全。但后来调皮的我们想着看“砍人”的场面，却没有了。

父辈们早早在家里吃了饭去集合参与划船。有的船队穿成了整齐的服装，有的没有统一。但龙船上的一面大鼓是必须有的，这是划船时进军的号角。那鼓，体积越大，好像胜利的把握就越大，为的是最高涨的士气。船头当然有“龙头”，各色龙头，各具形状，长着好看又坚实的龙角，下巴上还有彩色的龙须。

这些，本来就是一件件民间高水平的艺术品。我的姓魏的姑父是个有着好手艺的木匠，曾经雕过好些龙头。在我眼中，他就是一个大艺术家了，这也是我佩服我姑父的缘由之一。船尾有艄，也是有讲究的。这艄左拨右摇，指挥着方向，大小精细要适宜。我听村子里比我大的寿堂哥说过“宁可多个脑，不可带根草”的话，大约说的就是船尾不要太重的意思吧。

赛龙船的场面是热闹的。人山人海一般，除了龙船，看到的只是人了。太阳烈了，或是雨下得大了，才见到几把伞撑起来；人们是不怕烈日和大雨的，大约怕影响观看效果。鼓声一阵阵的，“咚”“咚咚”，算是开始比赛了。等到“咚咚咚咚”地不停敲打的时候，就是最精彩的冲刺终点的时刻了。船像条龙一样在水中拼命游走，观船人就在岸边跟着一步一步地向前走。船上鼓声阵阵，船夫们喊声阵阵，观船人的心也一阵阵地跳动，估摸着是不是自己村里的船或是和自己有些亲戚关系的那只船获胜。船冲刺到了终点，观船人的心也就放了下来，那只船胜利了，大人小孩子都会好一阵雀跃。败了呢，当然不去追究失败的原因了。

沈从文先生在他的著名小说《边城》中这样写下了凤凰古城沱江上的龙船赛：

划船的事各人在数天以前就早有了准备，分组分帮，各自选出了若干身体结实、手脚伶俐的小伙子，在潭中练习进退。船只的形式，和平常木船大不相同，形体一律又长又狭，两头高高翘起，船身绘着朱红颜色长线，平常时节多搁在河边干燥洞穴里，要用它时，才拖下水去。每只船可坐十二个到十八个桨手，一个带头的，一个鼓手，一个锣手。桨手每人持一支短桨，随了鼓声缓促为节拍，把船向前划去。带头的坐在船头上，头上缠裹着红布包头，手上拿两支小令旗，左右挥动，指挥船只的进退。擂鼓打锣的，多坐在船只的中部，船一划动便即刻蓬蓬铛铛把锣鼓很单纯的敲打起来，为划桨水手调理下桨节拍。一船快慢既不得不靠鼓声，故每当两船竞赛到剧烈时，鼓声如雷鸣，加上两岸人呐喊助威，便使人想起小说故事上梁红玉老鹳河水战时擂鼓种种情形。凡把船划到前面一点的，必可在税关前领赏，一匹红，一块小银牌，不拘缠挂到船上某一个人头上去，都显出这一船合作努力的光荣。好事的军人，当每次某一只船胜利时，必在水边放些表示胜利庆祝的五百响鞭炮。

湘楚的比赛规则没有太大的区别。在江汉平原，那时的比赛也没有实质的奖品，抓阄捉对比拼赢了的奖一对小红旗插在龙头显示一种胜利的荣耀，顺带奖励一筐馒头。输了的什么也没有，有举办者促狭式地奖励输家一篮黄瓜，输者照样吆喝并不气恼。淳朴的人们没有任何功利意识，一身劳累只为体会那汗水挥洒过程中的惬意与痛快。

提起划龙船，人们都知道是为了纪念屈原的。可是它的起因说法不一，至少有这么几种：

一说是为了纪念楚大夫屈原的投江。屈原力倡举贤任才，富国强兵，却遭到一些贵族的强烈反对，因而被革职流放，并于五月五日投江自杀。在流放中，屈原写下了忧国忧民的《离骚》《天问》《九歌》等不朽诗篇。这种说法普遍被接受，其文字记载见于《续齐谐记》：“楚大夫屈原遭谗不用，是日投汨罗江死，楚人哀之，乃以舟楫拯救。端阳竞渡，乃遗俗也。”后人在五月五日划龙船于江上，以祭祀屈原。

一说是为了纪念春秋时代的伍子胥。伍子胥名员，楚国监利人，父兄均为楚王所杀，后来子胥弃暗投明，助吴伐楚。吴王阖庐死后，其子夫差继位，大败越国。伍子胥建议彻底消灭越国，夫差不听，并且听信谗言，赐死伍员。这就是《史记》记载的“吴王闻之大怒，乃取子胥尸盛以鸱夷革，浮之江中”。子胥本为忠良，视死如归，死前对人说：“我死后，将我眼睛挖出悬挂在吴京之东门上，以看越国军队入城灭吴。”后世遂于五月五日划龙舟，作救伍员之状。

一说是为了纪念越王勾践操练水师，打败吴国。《事物原始》说：“越地传云，竞渡之事起于越王勾践，今龙舟是也。”吴越交战，勾践被俘，在吴国过了三年忍辱含垢的生活，被放回越国。回国后，他卧薪尝胆，立志雪耻，于当年五月五日成立水师，终于在数年后一举灭吴。后人为了昭彰勾践这种坚韧不拔的精神，便效仿越国水师演练的情景，于五月五日这一天划船竞渡，以示纪念。

一说是为了纪念东汉孝女曹娥救父之事。曹娥是东汉上虞人，父亲溺于江中，数日不见尸体。当时曹娥年纪尚幼，昼夜沿江号哭，并于五月五日跳入江中，抱出父尸。不久，曹娥的事迹传至官府，当局者为之立碑颂扬。后人为纪念曹娥的孝节，在曹娥投江之处兴建曹娥庙，把她所住的村庄改名曹娥镇，将曹娥殉父之水易名曹娥江。《曹娥碑》云：“五月五日，时迎伍君，逆涛而上，为水所淹。”

这些说法虽然各有道理，但有一个基本问题无法解释，即不管是为纪念谁，何以原本严肃的祭祀后来变成了民众的狂欢？如果纪念屈原的忠贞，应该以其悲壮的经历激励后人。如果纪念伍员的冤死，应该充满了对死者的悲伤。如果纪念勾践的复国，应该重温他卧薪尝胆的精神。如果纪念曹娥的精诚，应该凭吊这位孝女。但是，自古以来中国各地的划龙船，无一不是倾城的狂欢。也许中国人真的善于遗忘，或者善于移情，他们不忍把春夏之交的好时光，变成凄凄惨惨的纪念日，所以任凭屈原、曹娥们在水中煎熬，他们却不妨享受人间的嬉戏、世俗的欢愉。

端午的划龙船，其狂欢的内容不仅限于赛龙舟。把狂欢推向高潮的，有一个特别的节目，是将活鸭子抛入水中让众人争夺，是为“抢标”。清人笔下常常写到抢鸭之戏，如范祖述《杭俗遗风》云：“西湖有龙舟四五只……如抛物件，各龙舟水手下水争抢，最难者莫如钱、鸭二物。钱入水即沉，鸭则下水游去，各舟争逐，大有可观。”这是说的杭州，扬州亦是如此。《扬州画舫录》云：“龙船自五月朔至十八日为一市……小船载乳鸭，往来画舫间。游人鬻之掷水中，龙船执戈竞斗，谓之抢标。”沈从文先生在《边城》中写得最有意思：

赛船过后，城中的戍军长官，为了与民同乐，增加这个节日的愉快起见，便派兵士把三十只绿头长颈大雄鸭，颈脖上缚了红布条子，放入河中，尽善于泅水的军民人等，自由下水追赶鸭子。不拘谁把鸭子捉到，谁就成为这鸭子的主人。于是长潭换了新的花样，水面各处是鸭子，同时各处有追赶鸭子的人。

船与船的竞赛，人与鸭子的竞赛，直到天晚方能完事。

我们可以想象河里、岸上欢声笑语不断，呐喊、加油声一浪高过一浪的快乐场景了。这分明就是一幅朴素的风俗画啊！

千年的习俗传承到今天，在古楚原乡，离湖故地，村村自发的龙船锣鼓已经渐行渐远，现在很多河道也已不再适合龙船的划行。不知是时代变化得太快，还是自己的思想过于守旧，每每想起，我们总是怅然若失。

大约在2005年时，湖南卫视曾现场直播“端午祭祀屈原”活动，组织了船队从屈原故里秭归到汨罗投江处，途经我长江边的老家，那大大的龙舟，现代的音乐，套话的讲演，嘶哑的朗诵，我看不出一点端午的味道。

顺便说说在这个日子不得不提的一种食物，粽子。好多异地谋生的家乡人，南南北北也到过不少地方，吃过各种馅料的粽子，但最多只能吃一个，从来没有吃第二个的欲望。可是，他们记得小时候家里包的糯米粽没有任何馅料，不蘸白糖都能吃上好几个。于是怀疑是材料的问题，特意托人捎去老家的糯米，包了些感觉跟少年时一样的粽子，可依然不是往昔那清香粘口的味道，没能感受那久违的粽香。其实，时间长了就会慢慢释然，曾经的美味只能属于那个特定的环境。农田劳作回来的午后，柴火灶头煨锅里捞出来犹有余温的粽子，当然出自母亲的手工，以及水乡没有被环境污染的苇叶和糯米，更有那种节日期间才能美食一顿的迫切心情……

如今，每年在端午前后，全国各地都会有大大小小的龙舟赛，有些赛事还是国际性的。我在荆州时看过一次国际龙舟赛，有外国友人组队参加，热闹得很，可是，没有一点端午的味道。

《边城》中的主人公翠翠在看完龙舟赛后又看了抢鸭的游戏，面对着小伙子傩送，望着潭中那只白鸭慢慢向翠翠所在的码头边游过来，翠翠想：“再过来些我就捉住你！”于是静静地等着。她等着她心中的端午。

可是，我们的端午呢？

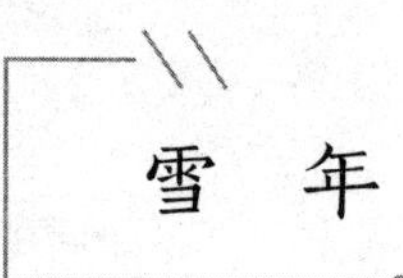

雪　年

记忆中有雪才过年，过年正有雪。雪是年的衣儿，年是雪的魂儿。过年时没有雪，年便没了气氛；雪不在过年时下，雪便没了精神。

年，给了孩子们欢乐的自由时间；雪，给了孩子们欢乐的广阔空间。小孩盼过年，过年了，有吃有玩有压岁钱。年饱年饱，孩子们过年时即使是山珍海味，也只是吃上一点点。窗外的雪，才是孩子们的天地。邀上七八个伙伴，在雪中堆雪人，打雪仗，偶尔也来点诗兴："北国风光，千里冰封，万里雪飘……"也有大声吟诵"千山鸟飞绝，万径人踪灭。孤舟蓑笠翁，独钓寒江雪"的。但在下雪时，我从没看见过雪中的钓者。我倒是做过一个钓者的梦：冰天雪地里，我披蓑戴笠，独自在江中垂钓……

河中冰雪厚的时候，是可以在上面滑冰的，但我们都很小心，怕掉进河里。雪融化时，屋檐下就会挂着一排排尖锥形的冰凌，我们用手去摘，手常常是冰得通红，不过我们一点也不怕，因为一会儿通红的手就变热了。也有调皮鬼取了冰凌偷偷塞进人衣领的时候，冰得人哇哇大叫，大伙便哈哈大笑起来。

雪时拜年别有风味。我总是会想起儿时，我们一家人到外婆家去拜年的情景。雪白的天地里，行走着我们一家人，我不过五六岁的光景，跑在最前边，踩下一串串的小脚印。弟弟坐在父亲的肩头，时不时地发出哈哈的笑声。母亲呢，提着拜年的小礼物，走在后头。我们有一句没一句地说着话，觉得走过的整条路上全是温暖。

看着鹅毛般的大雪，你出门一点也不用急，不用像下雨时要打伞穿蓑，恁自走你的。在雪中行走比在雨中更有情趣。雨会打湿你的衣裳打湿你的心，雪呢，披在你身上给你加了件羊皮袄般，温暖着人的心。到了人家，你只需拍拍身子，雪立马全抖落了下来，衣帽全然未湿。一挂鞭炮，是洁白中的一点红，还没放完，孩子们早已围拢来抢，仔细找寻着还没放完的鞭炮。

“晚来天欲雪，能饮一杯无”，大人们说笑着围在火炉边开始喝酒，锅中不停地下着雪地里揪回的冬白菜，酒壶的水位也不停地在下降。时间便在这酒话中不知不觉到了夜晚，但天色是不会暗的。即使是深夜，醉醺醺的你照样可以借着雪的亮色踉跄回家，让你过足一回“风雪夜归人”的瘾。

“梅须逊雪三分白，雪却输梅一段香。”梅与雪似乎是孪生的姐妹，不相上下，争相装点着这个世界，装饰着人们的精神。

“瑞雪兆丰年”，有瑞雪就会有丰年。人们总是在丰年里期待着瑞雪，在瑞雪里品尝着丰年。年年如是，周而复始。

“大雪小雪又一年”，又是一年来到，到时会下雪吗？

^^^ —————— 第四辑

给你一粒口香糖

大男孩给我的那粒口香糖，还在我嘴里，我嚼了嚼，一股甜味沁到我心中。

在雨中奔跑

这几天接连下着雨。我忽然想起，我已经好长时间没有在雨中奔跑了。

我不会像那些行为艺术者，他们会故意选择在雨中狂奔。但我怀念我曾在雨中奔跑的生活，喜欢那种感觉。

童年的岁月里，在雨中奔跑是轻松而快乐的事儿。放学的那会儿，正下了雨，是不用等着家人来送雨伞的。一头冲进雨中，慢慢地跑起来。于是就有小伙伴，一个接一个地，从校门口跑出，在雨中，像比赛一样，一会儿就没有了人影。也有顶着张报纸奔跑着的小伙伴，边跑边笑，多了些趣味。要是正在田野里打猪草或是捉泥鳅，如果要下雨了，我们并不慌张。我们只是忙着我们手中的活儿，任那雨点慢慢变大，由细碎的小砂粒变成豌豆大小，我们仍旧笑着闹着。等到村子里的大人们打着雨伞拿着雨披大声地叫着我们的时候，我们才慢慢地从田地里回到岸上，在雨中，一路跑回家去。其时，我们的衣衫早已打湿，但因为跑起来，又多了些感觉。父母亲是极少责怪我们的。因为，他们知道，经常在雨中奔跑雨水中浸泡的我们，是不会轻易感冒甚至染上其他疾病的。

即便是在家门口，要下雨了，我们也跑出来，在禾场转上几个圈。要是在夏日，是有着不少的蜻蜓（我们小时候依其外形叫它“丁丁”）的。数不清的丁丁不停地飞着，低矮的高度，似乎我们用手就可能抓得到一样。但我们不去抓丁丁，我们喜欢下雨时奔跑的气氛。“细雨鱼儿出，微风燕子斜”，应该有着这样的意味吧。

渐渐长大，我大学毕业参加了工作，好几次下雨，我故意不带雨伞，行走在雨中。我时慢时快，感受着雨水淋湿我的头发淋湿我的衣衫的快意。我似乎有着东坡先生一样的豪气，“竹杖芒鞋轻胜马，谁怕？一蓑烟雨任平生”。随着年龄增长，下雨了，我也像身边的人们一样，会想着带雨伞，可能有了“怕淋雨”的想法吧。有一次下雨，我故意将雨伞落在了办公室，正想着体验一把雨中奔跑的感受，想不到，同事帮我带上了雨伞，我苦笑一下，在雨中又撑开了雨伞。

如今，每每下雨，似乎习惯性地必带雨伞，我在雨中奔跑的愿望只得一次次搁浅了。

但我对雨的喜爱是不变的。“沾衣欲湿杏花雨，吹面不寒杨柳风”是春天的美好，“天街小雨润如酥，草色遥看近却无”是京城的繁华，“一夕轻雷落万丝，霁光浮瓦碧参差”是雨时的壮观，“随风潜入夜，润物细无声”那就是雨的美德了。

在我的内心里，我还是想着在雨中奔跑的。好在，我仍有着我早年的一个习惯，每当下小雨的时候，我不打伞，即使是身边有雨伞，我也不会带上。

因为，在雨中奔跑，我喜欢。

去看阿诗玛

“去看阿诗玛啊。”曾兵说，他端起了酒杯。

“好啊，好啊。我们过些天了一起去看阿诗玛。”李天、罗五生也叫道，他们也端起了酒杯。

小酒馆不大，也就三张桌子，如今也就这一桌客人，他们三个。小酒馆的名字有点怪，叫作“酱黄瓜”。他们仨，就是冲着这名儿走进来的。然后，点上了大大的一份酱黄瓜。酱黄瓜，是这红城小镇上的一绝。菜园里的黄瓜，似乎是取之不尽的宝贝，产量也高，吃不了。有时丢进猪圈里，肥胖的猪们也只是对着黄瓜哼上一声就走开了。聪明的女主人不忍心看着一条条饱满的黄瓜烂在菜园里，她们有办法。将那一条条饱满的黄瓜洗净，切成条儿，放在太阳底下晾晒。不出三五个日头，那黄瓜条儿就缩成了蚯蚓般大小。再拌上酱（这酱，可以是小麦磨粉晒成的甜酱，也可以就是辣汁），一入口，脆脆的，胜过了鱼肉的味道。

酱黄瓜做得最好吃的人就是阿诗玛，阿诗玛是小镇东边街头第三家的女主人。这是二十多年前的事儿了。

“二十三年之前，阿诗玛的这名儿还是我给取的呢。”罗五生有些得意地对着李天和曾兵说。

“是的，你当年是镇中学的语文老师，属于成绩最好的人，你自然会取名啦。”曾兵顿了一下说，“不过，我们也都有功劳，因为，我们三个都喜欢抽烟，都喜欢抽‘阿诗玛’这个牌子的。没有我们一起抽烟，你能想得出这个名字？”

李天有些不以为然，轻轻地说了一句：“这个，不能算是最主要的原因吧？还是人家长得漂亮，长得像云南的阿诗玛，你才想到这个名字的。”

三个人于是就碰了一下酒杯，喝了大大的一口老白干，都进入了美好回忆的世界。

“最先发现阿诗玛的是曾兵啊，曾兵当时在镇上的棉花采购站上班，他最好吃，去偷阿诗玛家晾晒好的酱黄瓜，看到了漂亮的阿诗玛。他回来就描述她那脸形，说就像是那‘阿诗玛’烟盒上画的一样，清秀水灵，其实她还有长长的头发，像瀑布一样啊，是黑色的瀑布……”罗五生慢慢地说。

“我们三个，是同一年分配到这红城小镇上的，都不到二十岁的年纪。罗五生你在中学当老师，曾兵在棉花采购站，我在镇供销社，我们天天在一起疯跑，喝酒，吹牛……听到曾兵说起阿诗玛，我当天就跑去看了她，顺便也偷了一大把酱黄瓜回来吃。”李天接过了话。

“是啊，就在那一天，你也发现其实阿诗玛家的女儿已经十七岁了，像她妈妈一样漂亮，然后，你再去的时候，就没再偷酱黄瓜了，你先看她家的女儿，顺便看看阿诗玛。”曾兵对着李天打趣道，“可惜，你和她家漂亮的女儿最终也没能修成正果。”

“我们三个跑去看阿诗玛，于是，更多的人像我们一样，也跑去看阿诗玛。胆子大的人，就和阿诗玛借个理由说上一句话，算是最幸福的享受。我的胆子小，我只敢看，我没有和她说上一句话。”罗五生又说。

“明明她和我们有过对话呢。”曾兵反驳，“我们三人有一次一起去偷酱黄瓜，让阿诗玛瞧见了，她大声地笑着驱赶我们说，三个小兔崽子，就让你们偷，看你们能不能够将我的酱黄瓜偷完？她笑，我们也笑。”曾兵一说完，三个人也哈哈大笑起来。

“说回来，就在那两年，我们三个人时常去看阿诗玛，我们的工作更有劲头了。那两年，我们三个家伙，每个人都评上了‘优秀’。”李天感慨地说。

“可惜呢，”罗五生叹了口气，说，“当年优秀的我们三个家伙，只有我如今还守在中学里，你们二位呢，曾兵先生跑到了省城去做了房地产老总，李天先生也在市里做了领导了。”说着，罗五生用筷子夹起了一根长长的酱黄瓜，送进了口中。李天和曾兵，也用筷子夹起了一根酱黄瓜，送进了嘴里。

“二十三年了啊，不知道阿诗玛还是不是住在那东边街头第三家。”曾兵又喝了一口酒，对着他们说。

“她如今住在她女儿家，在西边街头，应该是第五家或第六家的样子吧。”罗五生说。

“那我们过几天，去看看阿诗玛啊。”李天又说。

“好，好，好……”曾兵和罗五生几乎是同时回应着。

三个人，又加上满满的一大杯白酒。小酒馆的老板催促着打烊的时候，他们东歪西倒地出了酒馆的门。

又是三年，应该是四年过去了，春节的时候，亲友都想起要问候对方一声。也不知是曾兵拨打了罗五生的电话，还是李天拨打了曾兵的电话，其中有人提到说：“要去看一看阿诗玛啊。”电话里又传来了熟悉的回声：“好，好，好……”

给你一粒口香糖

到一座陌生的城市开会，我下了火车，得坐公共汽车到报到的宾馆。

坐公共汽车安全，这是谁都知道的道理。虽说我是个大男人，但也得注意安全。好些人坐上了三轮车，就被拉到了小巷子，钱包被搜走了。有人打的，一则的士不好找，二则听说也有一些的士司机故意绕弯路，让你多付出十几二十元钱。

但是，坐公共汽车也是要注意的，不是有人被什么易拉罐中奖骗去好几千元吗？有人也是在车上被人用刀片割开了背包偷走了钱呢。我小心翼翼地上了车，我得寻找我想要的座位。人不多，座位有选择的机会。我不能坐在青壮年男性的旁边，那有可能给人下手的机会。我也不能坐在漂亮女性的身边，那有可能被人误解成咸猪手的行为。

我坐在了一个大男孩的身边。我的脸上微微笑了一下。

我眼睛的余光瞟了那大男孩的，不过十七八岁的样子，属于安全系数最高的一类人。

我刚刚坐定。听到大男孩说话了：“今天，车上的人怎么这么少啊？”

大男孩一说完，对我笑了笑。我对着他也应付式地笑了一下。但我心里马上一想：他为什么说人少呢？难道是想有什么动作？

我正想着这个问题，大男孩却对我伸出了手，说了一个字："给！"他的左手上，拿着几粒口香糖。他用右手，捏出一粒，想要递给我。

我摆了摆手，说："我不吃这个，这是你们年轻人爱吃的东西。"

大男孩又笑了，说："这个好吃呢，提神。"他的手仍然停留在我们两人的空间，希望我能够接住那粒口香糖。我这时才认真地看他一眼，他的头发，是染成淡黄色了的；他的左右手臂上，居然各自文了一条龙。龙的眼珠突出得很，有些凶，像要随时迸出的样子。

我怔了一下，用右手接住了他手中的那粒口香糖。

"吃啊。"他扬了扬文了一条龙的右手臂，又对我说。

我想，这下子完了。他的口香糖里大概是有传说中的迷药的，我的口袋里有四百三十元钱，我的背包里还有一千元现金呢。

我看着他文了一条龙的右手臂，迟疑了一下，剥开那粒口香糖，放进了我的嘴里。我想，万一我真有什么事，这公共汽车上还有好几个人呢。

大男孩笑了："我在夜店里工作，每天上晚班呢。"

"你有多大？不到二十岁吧？"我没有顺着他的话，我问。

"我只有十七呢。"他说，"去年我就出来混了。"

"为什么不读书？"我似乎是职业习惯，问他。

"我读书读不进去啊。"他回答，"在这夜店里，我做DJ，每个月包吃住，不过两千元钱呢。"

"那你应该多积累经验，成为师傅之后，薪水会高不少的。或者，你过两年到深圳广州那边去，待遇也会高一些。"我说，我的嘴角动了动。我开始吮吸着口中的口香糖，感觉到了一股甜味。

大男孩又开始说话："两千元一个月是太少了，我抽烟，也喝酒。好在我还小，暂时不想找女朋友，不然，我真的没有办法啦。这个文身，花了我四百元呢。在那儿上班，做一下文身，有点样子呢。”说完，他又笑了一下。

“那你得节约点用钱啊，”我提醒说，“你的烟少抽一点，喝酒要适量，还有，结交朋友不要太随意，不要随意和陌生人交往。就像这时，你怎么知道我不是个坏人呢？”

他点了点头，说：“我一看你就不是个坏人啊。谢谢你，我会注意的。”我又问他到哪儿去，他说：“我到前边的人民公园去转转，公园是个好地方，我在那儿吃点东西之后就要去上班了。”

人民公园站到了，大男孩下车了。

大男孩给我的那粒口香糖，还在我嘴里。我嚼了嚼，一股甜味沁到我心中。我又嚼了一下，似乎觉得有些苦味了。

（入选《读写月报》2018年第11期）

点石成金：

故事简单，同在外地，一个大男人遇着一个大男孩。大男孩主动与大男人说话，大男人有意识地回避；大男孩递给大男人口香糖，大男人接受之后，反而劝说大男孩不要随意和陌生人交往。

对比手法鲜明，大男孩的率真与热情，大男人的保守与狡黠。让我们从两个不同的角度来认识这个复杂的社会。也许，你的心中是有一个原则的。

三单元五楼

一个人出差在外，形单影只，有些落寞，和往常一样，我走进了路边的一家小酒馆。

这正是秋高气爽的时节，天边，正飞过一群大雁，它们摆出了好看的“人”字形。这些可爱的大雁，它们要飞到温暖的地方去度过严寒的冬天了吧。我的心情也不错，下午的公司业务进展顺利，不到一小时，对方合作公司与我们公司就签订好了合同。

我坐在酒馆最东的小桌边，点了一份卤牛肉，一份炒鳝鱼丝，外加西红柿鸡蛋汤，要了半斤白酒，坐着慢慢地喝起来。我看了看酒馆墙壁上挂着的钟，才下午五点多。我不急，我买好了晚上九点多钟的卧铺火车票，晚上在火车上睡一觉，明天上午十点多时，我就能回到我那一千多公里远的家了。

酒馆里人不多，不到十个人。我喝酒的时候，总会习惯性地看一看周围，看看有没有喝酒的人。要是有，尤其是和我一样，一个人慢慢喝的人，我们可能就会坐到一起，慢慢地喝酒，慢慢地聊天。唉，这时光，就是这般慢慢地流走的。

正好，里间的小桌上，一位男士正在慢饮。我抬头的瞬间，他也抬起了头。我没有说一句话，他端起酒杯，走向了我。我起身，和他干了一小杯。

“过来吧，朋友。”我说，声音不大。

他将酒杯和筷子放在了我的酒桌上，然后将他桌子上的两个菜端过来，放在了我们的酒桌上。那菜，一份卤牛肉，一份红烧泥鳅。

一坐下，我们又对饮了一小杯。

“遇见你真好，兄弟！”他说。我看了看他的长相，国字脸，白白净净的，不像我生得黑。不过，个子我比他魁梧得多。

“兄弟来这座城里忙什么大业务吧？”我随意地说。

他顿了顿，说：“哪里什么大业务，我家的儿子在这座城里读大学，我来看看他。”

“好啊，你家公子都上大学了，我家的女儿才上高中呢。”我回应。

我们又对饮一杯。他的话匣子似乎打开了。一一细数着中国的好大学，他说某某大学虽说是985高校，但就业形势并不好。他说有个二类大学，计算机专业强着呢。一会儿，他转过头问我：“兄弟，你是替公司跑什么业务吧？”

我点了点头，算是回答。又喝了一小杯酒，我似乎想起了什么，对他说：“兄弟，听你的口音，像也是南方人，和我的口音是接近的啊。”

“是啊，我也觉得我们的口音接近。”他一惊，说。

“你是楚州人？”他说。

“你也是楚州人。”我说。

我们两人哈哈大笑，我们又举起了酒杯。

他乡遇老乡，我们两人都开心不已。又是一番添酒加菜，我们天南海北地畅谈起来。晚上七点多，他要去见儿子，然后明天上午坐高铁回家。我也要出发到火车站了。我们跑到酒馆老板面前，都想抢着买单。争来争去，像要打架的样子。酒馆老板解了围，说，那好，你们就AA制吧。就这样，我们AA制解决我们的争端。

第二天，回到我居住的城市，我回到公司去上班，向公司领导汇报我出差的收获。上交了已经签订好的合同，也讲了讲我遇到楚州老乡一起喝酒的故事。领导看着签订好的合同，很开心，也就回应我讲的故事，说：“这在异地的一家小酒馆，遇到老乡，确实是值得庆幸的事啊。对了，那位朋友叫什么名字，手机号是多少，你留下了没？”

我一摸脑袋，这才想起，我们两个老乡一起喝酒，没有留下姓名，没有留下手机号。

下班了，我想着回家后将这故事也讲给我家的老婆听听。我们家住在国庆小区三单元五楼501室，是这单元楼的顶层。我走到我熟悉的家门口，从衣袋里摸出钥匙准备开门，猛然，我看见了一个熟悉的身影，国字脸，白白净净的样子。他正用钥匙打开了三单元五楼502室的家门，轻轻地走了进去。听到后边我发出的响声，他的头，微微地偏了偏。他应该是看见了黑黑的魁梧身材的我。

我的钥匙，插进了钥匙孔，好一会儿，我才扭动钥匙将门打开。

我想了想，我没有什么故事讲给老婆听了。

（入选江西南昌部分重点中学高二年级2018年下学期联考试题）

点石成金：

两个大男人，本就是邻居，同住三单元五楼。然而平日上班下班回家居然不认识。等到两人出门在外，主动坐到一块喝酒时，才知道，原来就是邻居关系。

并不算夸张的情节，写出了如今的社会现实。人与人之间，哪怕最近的人，也许是隔着厚障壁的。

那就是王小波了

刘远山董事长这回遇到难题了。

说是难题，其实也简单，远山公司准备提拔一个副总，分管市场销售。这个副总将从中层干部中产生。

公司人事部主管陈然对符合条件的中层干部认真进行了筛选，有八位中层干部入围。然后，公司召开了竞聘会，八位中层干部上台演讲，由公司领导层评分决定。可是，有些奇怪的是，前两位得分最高的中层干部所得分数居然完全相同。这两位，一位是公司办公室主任李天一，另一位是公司生产部主管王小波，都是远山公司的得力干将。

竞聘会当然没能有最终结果。公司人事部只得将这球踢给了董事长刘远山来做出选择。刘远山其实也不能立即做出选择，因为这办公室主任李天一，协调能力是没人能与之相比的，那个生产部主管王小波，为公司的发展也是立下了汗马功劳的。在董事长刘远山自己的心里，是特别喜爱这两个家伙的。有人建议就提拔两位副总，但刘远山摇了摇头，因为提拔副总是公司高层集体做出的决定，这是不能随意更改的。

刘远山想了想，吩咐人事部主管陈然再对这李天一和王小波的经历做一番调查，将调查情况迅速上报。

第二天，调查情况报上来了。让人觉得有些惊讶的是，这两人是同学，都是同时在同一所大学毕业，同样的软件设计专业。之后，两人同时进入远山公司工作。

看到情况报告，刘远山心里也笑了：这应该怎么办啊？

但是，难题总得解决啊。

他站起身，走出了董事长办公室，想要到外边走走。他就在公司里转了转，花了不到一个小时时间。然后，他笑容满面地回到了自己的办公室。

他立即将人事部主管陈然叫来，递给他一张白纸。陈然一惊，因为白纸上赫然写着一个名字：王小波。

“那就是王小波了。您为什么这么快就得到答案了呢？”陈然问道。

刘远山微笑着，反问了陈然一句话：“你去看看他们的办公桌吧。”

陈然当然不明白。他快速地跑到那两人的办公室看了看。在公司办公室主任李天一的办公桌上，他看到文件资料整理得整整齐齐，办公用品以及茶杯都摆放有序，桌子上擦拭得一尘不染。在生产主管王小波的办公桌上，桌子干净，工作资料放在桌子的左上角，桌子的右上角摆放着一盆兰花，是蕙兰。兰花花钵是青花瓷的样式，花钵旁边，是用一张硬纸片抄写的一段文字：芝兰生于深谷，不以无人而不芳；君子修道立德，不以困穷而改节。

可是，这就是决定让王小波升任副总的理由吗？陈然更不明白了。他也不敢去向董事长刘远山追问理由了。

接下来的几个月，升任副总的王小波果然没有辜负董事长刘远山的厚望，全力拓展市场，将公司的市场销售额推到了一个新的高度。

终于，在远山公司的新年酒会之后，陈然看到董事长刘远山的心情很好，他硬着头皮偷偷地问了一句："刘董，您能告诉我当初选择王小波的理由吗？"

刘远山哈哈大笑："要问理由啊？理由很简单啊，你当时看到了他办公桌上的那盆兰花吗？这兰花，你应该是知晓它的品质与精神的吧，耐寒，清香。诗仙李白也有诗句说'幽兰香风远，蕙草流芳根'。一个在工作之余，仍然还爱着兰花的人，他的品德他的能力是不用怀疑的啊。"

陈然似乎听懂了。

董事长刘远山继续说着他的话："知道不？一个人生活着，不只是有工作，只是工作那不是真正的工作，也不是一个优秀的人才，他应该有自己的兴趣爱好。有时，从这个人的兴趣爱好之中，我们是可以看出这个人的品德与能力的。我刚刚大学毕业的那会儿，也是迷上了画画，画山水画，很大气磅礴的那一种……"

墨　宝

老贾是个大作家，写了好几个大部头。大部头像几块大石头投在文学圈这片大湖，掀起了大波浪。

来找老贾的人就多了。老贾的墨宝值钱起来了。

说到老贾的墨宝，与老贾关系最铁的小学同学老王最知底细。老王说：“你那只能算是写字，不能算墨宝，你没有我写得好呢。”老贾只是笑：“可是人家为啥不找你要字呢？”老王就不出声了。老王心里也服老贾，知道老贾曾经几个月没拿钢笔写作，只是拿着毛笔一心练字。那字，也像长了眼睛，可以活动起来的样子。

来找老贾索求墨宝的人就更多了。

但就是很难找到老贾的人，他们好不容易逮住老王。老王就咳了几声，一本正经地传出了话：“要找老贾的人多，老贾呢，开了个价格的，每平方米的墨宝嘛，这个数……”说着，老王伸出了右手，揸开着他胖大的五根手指头。人们就知道，老贾墨宝的价格，是每平方米五万元。

有人不信，转弯抹角地找到老贾多年的一个老文友，一起到了老贾的家，说想要一份挂在书房的墨宝。老贾直接向老文友伸出了右手，照样揸开了五根手指头。那右手食指上，正染了几点黑黑的墨。来人说了声谢谢，悄悄地离开了。老文友就问："真的吗？"

"真的。"老贾说完，不再出声，又开始抖动自己的毛笔了。

后来的一个夏天，老贾的一个老乡找到他，说要给自己的父母写副寿联。老贾看了看那两个条幅，用指头算了算，说："六万元吧。"老乡心里一惊：这是真要钱哩，还要这么多？一点老乡的情谊也不给啊。他想了想，打了个哈哈，没再往下说，也离开了。

但还是有人去找老贾写字。有家公司的老总托人找到他，说要为自己的办公室写几个字。老贾提笔就写下了大大的四个字：鹏程万里。老总捧走了老贾的墨宝，留下了一个小提包。小提包里，是按尺寸算好的价格，八万元整。老同学老王在场，就问："你知道这老总是谁吗？"

"知道啊，新都公司的董事长李成高。这个公司是个高科技公司，在这座城里不知赚多少钱了……"老贾点燃了一支烟，慢慢地说。

老王发觉这老贾似乎变了，看看，给人家写字，是真的在高价收钱呢。不是自己亲眼所见，还真不信。

老王来老贾这儿的时间少了，看电视和报纸的时间多了。那一年，是川地大地震后的第二年。在川地，一切都得重建。已经退休的老王看新闻看得仔细，他知道川地新建了不少的希望小学和纪念馆。省报上一篇长长的通讯吸引住了老王，那篇通讯专门写到葵花希望小学的新建情况。猛然，老王看到一个熟悉的名字：贾言。这个老贾，居然捐款61万元。报道中特别写道，著名作家、书法家贾言捐献出了自己收到的所有润笔费61万元。报道中附了照片，那学校名、纪念馆名的题写，字体一看，就是出自老贾之手。

老王似乎明白，老贾提高墨宝的价格，原来是为了捐献地震灾区建设啊。老王拿着报纸，找到了老贾，指着报纸说："你个老贾，做好事啦。"

老贾大笑："这不是我的功劳，这是那几个公司老总的钱呢。"说着，他拿出新出版的长篇小说，递给老王一本，诡谲地说："你看你看，这两年，我墨宝的价格高了，找我的人少了，我的作品也就生产出来了吧！"

真 品

小城。就那么几十万人，却有一百多个挂得上号的收藏家。一百多挂得上号的收藏家中，又有两位是最出名的。一个是张一眼，六十多岁了，一眼就能看出这收藏物的真假；另一个是刘三敲，也有五十多岁了，你拿来藏品，他也只在上面轻轻地敲三下，就能识别东西的好坏。

方圆百里，要是哪位藏家的东西想要让人掂量掂量，那就会找到这两人中的一个，让他来识别识别。当然，是只能找一个人的，找了张一眼看，就不能找刘三敲了。这个规矩行里的人都知道。这里就说，张一眼看了的东西肯定是不会走眼的，他说是清朝的，这东西肯定是清朝的，不会有人怀疑。自然，刘三敲敲过的物件肯定也一定会说到点上了，他说是赝品，那它一定是赝品，没有人质疑。

一山难容二虎，张一眼和刘三敲两人的关系并不好。同行是冤家，两人碰上也不会说上一句话。更为可气的是，两人发生过一件不愉快的事。城东的王麻子不知道在哪得了个旧夜壶。他先是拿去让张一眼瞧了，张一眼说，是民国的东西，至少值三千块钱。可这王麻子不守规矩，他又将这夜壶拿到了刘三敲面前，刘三敲轻轻地敲了三下，说，这就是前两年的东西，我还用过这种东西的，一分钱不值。这下王麻子就得意了，一遇到小城里的收藏家就会说，都说张一眼和刘三敲内行，我看不行喽，隔三千元哩。就是这句话，让两人起了意见，都想去找王麻子问个道理，但都丢不下这面子，这事只得作罢。

但张一眼和刘三敲两人更像两只老虎了，见面时都是气鼓鼓的样子。

两人都还有自己得意的地方。张一眼家藏有郑板桥老先生的一幅瘦竹图。刘三敲家中最自豪的藏品是一颗玉珠，据说是东陵盗宝之后从慈禧太后身上取下来的。每次小城里召开藏品交流会，大家都会提到这两件藏品。每次两人也会将两件宝贝仔细包裹好之后，在会上亮一下相，就是好多藏家想摸一下也没能够。

这一年的十月，又是小城的藏品交流大会。各位收藏家都将家中的心爱之物给拿了出来露下脸。刘三敲早就来了，坐在了大会主席台上，但就是不见张一眼的影子。一问，才知道，老先生住进了病房了。就在上个月，有小偷光临了张老先生的家，除了那幅瘦竹图，家中的藏品几乎全被盗走。老先生气急之下，卧床不起。到医院一查，居然是肝癌，要得治好病，得花大钱做肝移植。

没有见到张一眼老先生的人，但在藏品交流区，刘三敲见到了张一眼老先生的物，就是那幅瘦竹图。标价88万，等着顾客上门。

张一眼先生居然卖家中藏画了。收藏家们都挤了过来。

但也许是售价高了些，让这小城中的买主难以下手。也许有人怀疑这幅瘦竹图是幅赝品，不想花这冤枉钱。

那幅瘦竹图，在交流区挂了三天了，居然无人问津。

第四天上午，有人买下了瘦竹图。买画者不是别人，正是刘三敲。88万元，刘二敲一分钱没少。

刘三敲将瘦竹图带回家的时候，跟着他学收藏的学生石心正在他家。两人将图展开，细细地看起来。

“老师，我觉得这不是郑板桥的瘦竹。也就是说，这是幅赝品。”学生石心说。

“为什么这样说？”刘三敲问。

“板桥老先生的竹，所画的竹叶总是苍劲有力，即使是瘦，也是挺拔清癯的样子。可是这几杆竹，无精打采的样子，肯定不是郑板桥的画作。”

刘三敲没有接过话头说，又问了一句：“你认识张一眼先生吗？”

“当然认识。”石心说，“我们有同学也在跟着张一眼先生学收藏呢。张先生因为喜爱收藏入了迷，他的老婆和儿子早就离他而去了，上个月家中被盗，老先生又受到打击，加上查出肝癌，老先生这下子真是雪上加霜了，不知张老先生是否还挺得住啊……”

“这次肝移植前后得六十多万元你知道不？”刘三敲又问。

“当然知道。”石心说。

刘三敲笑了笑，说：“这下你就应该知道，这瘦竹图应该是真品了啊。”

石心恍然大悟，原来自己的老师早就知道这幅瘦竹图是赝品。

两个月后，在这座小城的一条小路上，两个老人，一前一后地走着。后边的是张一眼，前边的是刘三敲。张一眼声音嘶哑：“刘三敲啊，这次真的谢谢你了，你救了我的老命。过些日子，我一定会想法子赎回我的瘦竹图的，只有我知道你是上了我的当了的……”

刘三敲没有回答，只是呵呵地笑。

你是我师傅

头发盖住我的双耳的时候，我就想着要去理发了。理发的地点是固定的朱玲精剪发屋，那里有固定为我理发的苏师傅。苏师傅是个女孩，眼睛不大，但笑起来可爱。常常，她一看你的头形，就能迅速确定给你理什么样的发型。

但苏师傅不在。听说是远嫁他乡了。

洗发工便又为我安排了位理发师傅。师傅是个二十多岁的大男生。他一过来，没有自我介绍，只是腼腆地笑着。然后拿起梳子剪子忙碌起来。我也随手拿起晚报开始阅读。其间，师傅只是一声不响地剪着头发，我只听到了他的一句话："留长一点好，还是短一点好？"

"当然长一点好啊。"我说。我又听到有剪刀掉在地上的响声。

终于理完了。我看了看时间，足足用了四十五分钟。这是我理发时间最长的一次。到服务台买单，领班连声对我说着"对不起"。我倒有些莫名其妙了。我一想，他大概在说这师傅替我理发不怎么样吧。我对着镜子看了看，确实比我习惯中的短了许多，而且整体上看确实不够美观。

"没有什么啊，很好啊。"我说，"这师傅理得挺仔细的，服务特周到，应该是个技艺不错的好师傅。”

因为是常客，我走出门，总领班将我送出来，口里仍然说着“对不起”。“其实今天这师傅刚出师，他这是第一次单独给人理发。下次来，一定给您安排个技术一流的师傅。”总领班又说。

“他姓什么？”我问。

“姓王。”

“那好。下次我来时，照样请王师傅替我理发。”我笑了笑，对着领班说。

回到家，老婆见了我的发型，连声说是个“汉奸头”，没理好。我说：“这才是现今最流行的发型呢。”我不去管它。其实在我心里，我肯定知道这回遇上个技艺不怎么样的师傅。先不说这整体看不够美观，就说他问我“怎么理”，就知道他是个新手。还有，技艺精良的师傅会将剪刀掉在地上吗？

过了十多天，我接到一个陌生号码打过来的电话：“你好！你是我师傅。师傅，这几天找我理发的人可多了，我想叫你一声师傅……”我一头雾水，又有人接过了电话：“你好，我是朱玲精剪发屋的总领班，上次替你理发的王师傅这些天在我们屋子里可火啦，找他理发的人多着哩。我就纳闷了，你那次真不知道他是第一次开剪吗？”

“你说呢？”我反问了一句，没有回答，“头发剪了，就会又长起来的啊。”我又加了一句。

关了电话，我在心里高兴：我不是理发师傅，却收了个理发师傅做徒弟呢。

刘瞎子

一个人眼睛失明，旁人称他作“瞎子”，这是一个不好的称呼。

幼小的我们，常常看见失明的人，右手紧紧地拽着根竹篙，左手小心地提着个铃铛，身上斜背着个布袋。他们，是走村串户替人算命看相的。那根竹篙磨得浑圆，那个铃铛声音清脆，有时也有二胡声音响起，吱吱呀呀，引着我们一路追随。我们跟在后头，不停地叫着他们“瞎子”，长辈们便不停地叫住我们：“不能这样叫的，要叫人家先生。”我们便不出声了。

但是，刘瞎子是乐意幼小的我们叫他“瞎子”的。

叫他一声“刘瞎子”，他便走过来，轻声地问我们：“几岁了？读几年级了？”我们不回答，细心地看着他鼻梁上的眼镜，那黑黑的眼镜片后边，似乎什么也没有。我们嬉笑着一哄而散。他就立在原地，魁梧的身材，一动不动，还想对着我们说些什么的样子。

我们可以当面叫他“刘瞎子”，大人们是不能当面叫的，但是他们是可以背后里说到刘瞎子的。

“刘瞎子又到哪里去说书了啊？”有人会问。

“这个穿着西装的刘瞎子，又在哪里找了个相好的？”又有人会羡慕地感慨。

我们不知道“相好的”是什么好东西，但我们却知道刘瞎子会说书。正读小学的我们，有一次放学路上，听到一阵炮声，然后是飞机的轰鸣。我们一惊，但是知道是不可能发生战争的。就在一间简陋的会议室里，我们趴在门缝边，看到里边外三层里三层围了好多人，最远处的主席台上，坐着个戴着墨镜的人。那些大炮和飞机的声音，正是从他口里发出来的。

我们怔在那儿了。

我们想要认真地听一回刘瞎子的表演。

但是，瘦瘦的边老师说，刘瞎子到处在表演，好多单位都在请他去表演，还轮不到我们村子里的小学校呢。然后，边老师像背诵古诗一样，罗列出了刘瞎子表演过的地方：县土地局、县粮食局、乡政府大院、乡中心小学、马王村村委会、张二平的家里……

边老师有些自豪了。他说，刘瞎子每到一处去说书，总是会和那里的负责人坐上一个多小时，随意地话着家常。他看过好几场刘瞎子的说书表演，印象最深的是在县粮食局会议室，刘瞎子说《岳家将》，说到岳母刺字“精忠报国”时，刘瞎子的声音就成了老母亲的声音。一会儿，却没了声音，再看时，只见刘瞎子的脸上已满是泪水。还有一次，是在张二平家里，刘瞎子讲《穆桂英挂帅》，张二平病重的老母亲卧在床头，静静地听着。第二天，张二平的老母亲安详地离开了人世。

终于等到了刘瞎子到我们的小学校说书的那一天。我们的边老师写了大红的欢迎标语，我们穿上了过年时才穿上的新衣服。我们坐在教室里，刘瞎子坐在讲台上。刘瞎子抚尺一响，全场鸦雀无声。我们似乎不敢出气儿了，怕一出气儿，刘瞎子就不说书了。刘瞎子那天讲的是《上甘岭》。还没开讲，已是炮声隆隆，飞机轰鸣。不一会儿，机枪开始扫射，这时候，黄继光出场了。我们有些害怕起来，伙伴们暗暗地拉着手，为自己壮胆。又是一连串的机枪声，我们吓得低下了头。再看刘瞎子时，已不见人了。他已经一头栽倒在讲台边，双手捂着胸口，口中还不停地发出机枪的声音。边老师走近他，扶起了他。刘瞎子又坐起来了，那黑黑的眼镜后边，我们似乎看得到他的眼的样子。

但是，之后我们再也没能听到刘瞎子的消息。我读中学的时候，收到小学边老师的信，信中说：县粮食局长进了监狱了，还有，乡中心小学的校长也被撤职了。知道为什么吗？据说，县检察院曾找到刘瞎子，刘瞎子提供了有价值的信息……

可是，刘瞎子是个瞎子，他能提供什么信息呢？

我读大学时，真还想再听听刘瞎子说书，但总是寻不着他的人。有个当年的同学打电话给我，说，那个刘瞎子啊，生活悠闲着呢，听说又换了个相好的，年轻漂亮，天天扶着刘瞎子到处逛……

我这时早已知道“相好的”是什么意思了，但是，我一直不知道刘瞎子的姓名。我猜一猜，他的名字应该是“刘真”，或者是“刘明”。不知是不是这样的名字。

1978年的一只母鸡

1978年，我准备参加高考。

我的学习基础较好，又勤奋刻苦，是老师们眼中公认的好学生。可是，给我上课的刘老师担心，我身体太差，一阵风吹来，就要将我刮走似的，如果紧张地复习备考，身体很可能吃不消。刘老师对我爹娘说：“得给孩子加强营养，每餐白米饭是少不了的。”当时的条件，一天能吃上一顿米饭就是幸福生活了，哪里还说什么加强营养的话哩。

于是，娘养了十六只母鸡。娘听人说，有了鸡，就有了“鸡屁股银行”；鸡下蛋了，就有了源源不断的财源。可是，连人都没有吃的，下蛋的母鸡到哪里去寻食呢？

队里的禾场上有。

队里的禾场，是队里打场晒粮的场地，只要是有阳光的日子，禾场上总是晒着谷子或者小麦。我们的家离禾场不远，隔着一条十多米宽的河。晒好了谷子，禾场上劳作的人们回家去了。娘就站到了家门口，“咯罗咯罗”，娘一声吆喝，十六只母鸡跟了出来。又一声大声的“哦嘻”，十六只母鸡，像十六架小飞机，飞向了河对岸的禾场，争先恐后地吃起了谷子。一袋烟的工夫，娘长长的一声

"咯罗——"十六只母鸡又像小飞机一样飞了回来。

娘的鸡窝，每天都会有十六个鸡蛋，一个不少。娘的"鸡屁股银行"办出了成效，用鸡蛋换成了钱，换来了油盐，时不时地买些鱼肉回来改善生活。我的身体也强壮了起来，一顿能吃上好几碗饭。娘的脸上爬满了笑容。

高考前几天，我放学回家，队长焕叔找上了门，说娘的鸡偷吃了禾场上队里的公粮。娘听了，反驳道："你就知道那禾场上的鸡是我家的鸡？我家的鸡能飞过这么宽的河吗？"焕叔听了，悻悻地走了。

第二天，娘瞅着空子，又将鸡赶着飞到禾场去吃谷子。鸡飞回来的时候，娘大声地清点着，只有十五只鸡了，少了一只母鸡，豌豆花色的母鸡。下午时候，娘数鸡的声音更大，还是只数到了"十五"。少了那只豌豆花色的母鸡。娘到禾场去找队长焕叔。没找着焕叔，娘却找到了那只母鸡。鸡已经被人用砖头砸死，拉出了鸡的食囊。食囊破开了，是一粒粒饱满的谷子。娘大声哭骂："是哪个缺良心的害死了我家的鸡……"

禾场上没人敢和娘答话，都怕自己冤枉成了杀鸡人。娘骂了几句，提着死鸡，走回家来。当晚，我们的晚餐自然是那只母鸡了。娘用炉子小火煨汤，递到我的面前，说，就要高考了，得好好补下身体。娘的脸上堆满了笑，没有一丁点失去一只鸡的痛苦。

可是，第二天上午，娘又去禾场开骂，骂那个没良心的杀死我家母鸡的人。娘似乎走得很急，穿着爹那双大大的布鞋。骂了几句，晒谷子的人自然又不敢应对。穿着大布鞋的娘转了一圈就回来了。大大的布鞋里，满是谷子。下午，娘又穿了大大的布鞋，去禾场骂那杀鸡人。

几天下来，大大的布鞋里的谷子，居然装满了我家的米缸。娘说，这下我家的小子高考前的白米饭不用愁了。

喝了鲜鲜的鸡汤，吃了白白的米饭，果然，我的高考很顺利，考取了省城的一所重点大学。临去大学报到的前一天，娘对我说："你去队里每家每户道个谢，算是替代我了，要知道，你考试前吃的白米饭是队里的粮食哩。"

"他们不是有人打死了我家的豌豆花母鸡吗？"我反问道。

娘只是笑，像个小孩子一般。

诗人雪川

诗人的名字叫雪川。

雪川本不是他的名字，他的名字叫郭三立，他爹上街买了两斤肉请村里的老先生翻了几天的线装书给取的名儿。他上高中的时候，心血来潮写了几句诗：

涂满彩色的梦想
在雨的季节里生根发芽
杨柳岸边的晓风残月
在雨的季节里灿烂如花
那父母眼角黝黑的微笑啊
在雨的季节里　成了我们
奔腾不息的骏马……

小诗的末尾署名就是“雪川”。当晚，他的这首小诗在班上被传抄了个遍。他觉得写诗的感觉多美好，他觉得这叫“雪川”的感觉多美妙。第二天的作业本上，他端端正正地在封面姓名栏写上了“郭雪川”三个字。他想起那著名诗人郭小川，这下，这郭雪川的名字也算是个诗人的名字了吧。

雪川成了诗人。

他写情诗。要好的哥们儿楚林看上了邻班的班花云霞，就说：“大诗人，帮帮忙吧。”一会儿，一首情诗出来了。楚林忙着抄上一遍，送给云霞。过了几天，楚林又找上门来了：“哥们儿，再来一首吧，你的诗可真管用，还别说，这云霞对我好得多了，和我的话儿也多了起来。”雪川不出声儿，十多分钟，像写作业一样，又一首诗出来了。楚林又抄上一遍，跑着去送给云霞。

雪川清楚地记得是帮楚林写第十首诗的时候，那个叫作云霞的女孩子找到雪川，递给他一张小纸条：放学后小树林见。雪川激动不已，想想，那个年代一个女孩子给了男孩子一张约会的请帖，那是多么难得的事儿啊。下午的课雪川压根儿没心思上了，他等着和班花云霞见面的时刻。

月上柳梢，人约黄昏。云霞见面的第一句话就说：“谢谢你大诗人雪川，你写给了我这么多的诗。”

“什么？我写给你诗？”雪川惊讶。

云霞的话就多了起来：“不是你写的吗？你看看，楚林送给我的诗，从第六首《每天想你》开始，每首诗题下都署上了‘雪川’的名呢，我猜想啊，这诗啊，从第一首开始就是你写的。只是从第六首《每天想你》开始，楚林转抄你的诗时，将你的名字也连着一块儿抄了过来。”

“其实，我早就认识你了。”云霞又说。

“其实，我也早就认识你了。”雪川说。

很自然地，云霞暗暗地和雪川约会了。水到渠成地，雪川和云霞成了一对真正的恋人。那个楚林呢，气急败坏，骂自己引狼入室，恨自己做了一个优秀的媒人。他哪里知道，雪川在写第六首诗时，已悄悄地写上了自己的名字。可是，谁让这个楚林粗心大意，将人家的名字也抄了过去呢。

高中毕业晚会的时候，雪川第一个登上舞台朗诵自己的诗：

你望了我一眼，
我等了你一年……

观众席上的云霞早已泪流满面。

高考后，诗人雪川以全镇第一名的成绩考入了省城的师范大学。云霞呢，以三分之差落榜，成了县纺织厂的一名工人。就有同学替云霞担心，说人家是大学生了，你们俩的事儿怕是黄了哩。云霞不急，因为她每周三都会收到一首诗，一首从省城寄来的诗。那诗，当然是诗人雪川写来的。

师大毕业，诗人雪川的不少同学留在了省城大学任教。但诗人雪川一声不吭地回到了老家，在母校做了一名教师。第二年，诗人雪川和云霞结婚。婚礼上，雪川送给了云霞一个小集子，那全是雪川写给云霞的诗集。

结婚后的诗人雪川不写诗。他忙着自己的教学忙着自己的学生。不久家中有了女儿，诗人雪川也不写诗。云霞有时候就问他："怎么不写诗了啊？"

"我的诗？早就送给你了啊。"雪川说，一本正经地。

诗人雪川每天骑着一辆老旧的自行车，接送女儿上学放学，时不时逗着女儿乐，成天笑嘻嘻的。

去年，我在一个杂志做文学编辑的时候，想看看雪川的诗，就向他约稿。他点燃了一支烟，连连摆手，"写诗？我每天都在写诗啊。我每天的生活，本来就是一首又一首的诗哩。”当晚，他请我到一个小酒馆，尽情地喝酒，喝了个痛快。

诗人雪川快五十岁了，是个语文老师。

坚硬的水

轻轻地，柔柔地，从岁月的隧道流过，如一支幽远的古曲；淡淡地，悄悄地，从沉寂的心头掠过，又如一声如雷的钟磬。因为找寻，你升腾为一片四处漂泊的云；因为守候，你凝结成一滴清晨沉睡的露；因为坚持，你消瘦成飞瀑下的一线涧水。

水！坚硬的水！

“黄河之水天上来，奔流到海不复回”说的是你吗？一片汪洋，望之不尽，不似天空遥不可及，不似险峰高不可攀。每天，只是匆匆，匆匆地向前飞奔。面对着这种博大与从容，人不能不暗叹自己的微不足道。还能有什么言语呢？唯有敬畏而已。在这里，黄河以一个强者而不凌弱的姿态告诉我：真正的胜利者，不是站在前台指指点点的人，不是自以为是、不可一世的人，而是面对世间的纷繁，勇往直前、永不退缩的人。

“飞流直下三千尺，疑是银河落九天”说的是你吗？百米之外，即闻水声如雷。近看，即见水滴千万奔腾而下，激起银浪无数。一阵风过，身边便如细雨纷飞，使人不免生疑：莫非来自天边？一路所见，尽是奇观异彩，唯她，洁白晶莹，不染纤尘，一改先前所见柔媚之美。与彩霞携手，借高山深涧，只为一展水之力量、水之玄妙。这时，瀑布的声音告诉我：只要有心，柔弱亦可化为刚强；只要有志，平凡亦可化为奇迹。

“乱石穿空，惊涛拍岸，卷起千堆雪”说的是你吗？水能载舟，水亦能覆舟。这话真是道尽了自然界物质的水和社会中平头百姓的特质。善待自然，善待百姓，真是一个道理。百姓逼急了会起来造反，自然逼急了也会反抗的，这些年来，世界各地的海啸、地震、天气变暖而引发的水灾，还少吗？你，让我懂得了什么叫作气势磅礴！

“随风潜入夜，润物细无声”说的是你吗？我的家乡属古云梦泽，南面浩浩荡荡的长江穿境而过，北面东荆河缓缓流淌，境内湖泊众多，河港密布。一部家乡的历史，应该就是一部与水共存的历史。东荆河水，莫不是我梦中的沧浪之水吗？沧浪之水清兮，可以濯吾缨；沧浪之水浊兮，可以濯吾足。家乡的河滩，满目皆水，到处都是水流的脚印。细细的、柔柔的印痕，细细的、柔柔的脚步。可就是这些看似细小的脚步，踏出了开阔，踏出了欢乐，踏出一片生命的天地。是的，她们成功了，再坚硬的岩石也不能不在她们脚下俯首称臣。她们或许不是奇迹，但她们却用自己纤细的手指创造出了奇迹！东荆河水对我耳语：我们或许无法改变与生俱来的特性，但是只要有梦，便有希望，只要用力呼吸，便能看到奇迹！

水之形，无处不在；水之魂，亦无处不在。世间之水，总是含蓄而不怯懦、雄劲而不张扬地向我们诉说着生命的坚强——如山，高峻挺拔，巍然屹立，在一成不变与瞬息万变中诠释永恒；如风，翩然起舞，日行千里，在千回百转之际笑看万物之僵行拙步。坚毅与力量，永远是水的主题曲！

清明一霎又今朝

清明一霎又今朝。

头脑里先是闪现出杜牧的千古绝作："清明时节雨纷纷，路上行人欲断魂。借问酒家何处有，牧童遥指杏花村。"春雨绵绵，春意纷纷，不知是离人泪还是老天情，都含蓄在纷纷雨里，依附在断魂人上，消逝在浇愁酒中。然后一幅冷色调的图画浮现了：坟堆旁，墓碑前，立着三五个人，焚香，烧纸，默默无语，飞扬的纸灰里撒满了沉重的哀思……

这是想象中的清明节。这是传统意义的清明节。古时有"寒食上墓"的习俗，因寒食节与清明节相接，后来就传为清明扫墓。旧时扫墓十分流行——据《京都风俗志》载："是日倾城上冢，九门城外，自晨至暮，处处飞灰，其野店荒村，酒食一磬。"据说这清明扫墓的源头，竟然和"智慧化身"的诸葛亮有关。诸葛亮治蜀，深得人心，但去世后朝廷没有为他盖庙，于是百姓就在清明前后于田野道路上拜祭。其后，朝廷自省如此扫墓措置不当，下令附祭诸葛亮于先祖（刘备）庙，但清明拜祭的风俗已经形成，并演变为各人祭扫先人坟墓了。也许这是人们对神化了的孔明先生的另一种崇敬，之前清明扫墓也肯定是有的，大概到了这时才真正成了习俗。

真正意义上的清明不只是扫墓。

清明时节有插柳之习俗。《风土记》称清明为“柳节”。人们或者是把攀折下来的柳枝插到屋檐下或门窗上，或者是直接把柳枝插在头上。尤其是妇女，用柳条编成精巧的圈儿插在鬓上表示青春常在。民间有“清明不戴柳，来生变黄狗”“清明不戴柳，红颜成皓首”的谚语，似是分别对儿童、妇女而言。宋朝杨韫华《山塘擢歌》云“清明一霎又今朝，听得沿街卖柳条。相约毗邻诸姐妹，一株斜插绿云翘”，说明还有人借插柳而卖柳，赚点辛苦钱哩。《唐书》上也有这样的记载：唐中宗在清明节赐臣子以柳条，编织柳圈，以避虫疫。传世名画《清明上河图》中绘有一顶自汴京郊外扫墓归来的轿子，上面插满了杨柳枝，这又可见宋代此风俗之炽盛。

清明插柳的习俗的源起，据说与悼念介子推有关。春秋时，介子推随晋公子重耳流亡列国，曾割股肉给重耳充饥。重耳当上国君（晋文公）后，介子推偕母亲隐居绵山。晋文公下令烧山以求他来受封。介子推不肯，和老母靠在一棵大柳树下，被活活烧死。翌年，文公与群臣去绵山祭奠，行至坟前，只见那死柳复活，千条柳丝随风曼舞，文公掐了一根，编一个圈儿戴在头上。群臣见了，也学着折柳插头。插柳习俗由此而生。宋人黄庭坚曾写过一首《清明》的诗：“佳节清明桃李笑，野田荒冢只生愁。雷惊天地龙蛇蛰，雨足郊原草木柔。人乞祭余骄妾妇，士甘焚死不公侯。贤愚千载知谁是，满眼蓬蒿共一丘。”诗中“焚死不公侯”的“士”就是介子推，“人乞”就是那让人笑掉大牙的有一妻一妾的齐人了。诗人描写清明时节之景，借乞食的齐人和焚死的介子推，抒“贤愚难辨”之情，实在是妙!

清明时节还盛行各种户外活动，如秋千、蹴鞠、斗鸡、放风筝等等。唐代诗人韦庄有诗曰：“满街杨柳绿丝烟，画出清明二月天。好是隔帘花树动，女郎撩乱送秋千。”后两句写女子在花树深处荡秋千，若隐若现，煞是好看。秋千，如今还是可以荡的，但作为中国古代足球的蹴鞠，唐宋时盛行，可惜如今已失传了。如今还有斗鸡，但极少见了。当然最爱做的活动就是放风筝了。“草长莺飞二月天，拂堤杨柳醉春烟。儿童放学归来早，忙趁东风放纸鸢。”这是孩子们的乐趣。飘满风筝的天空，这又何止是孩子们的天堂！和风熙日，湛蓝的天空中，各式各样的风筝，争奇斗艳，有神话故事中的神仙、戏曲中的人物，更有展翅飞舞的蝴蝶、摆尾摇动的金鱼，这又是一幅怎样的美丽图画啊！

春暖花开的清明时节，更是人们踏青郊游的好时光。据《武林旧事》记载：“清明前后十日，城中仕女艳妆饰，金翠琛缡，接踵联肩，翩翩游赏，画船箫鼓，终日不绝。”真是好一番热闹的景象。宋代诗人吴维信的《清明诗》曾作描述：“梨花风起正清明，游子寻春半出城。日暮笙歌收拾去，万株杨柳属流莺。”生动形象地绘出了一幅人们竞相外出踏青图。而大文豪欧阳修的“南园春半踏青时，风和闻马嘶。青梅如柳柳如眉，日长蝴蝶飞”的词句，更是画出了一幅清新迷人的踏青风俗画。

“清明”两字的来历，据《岁时百问》载：“万物生长此时，皆清洁而明净，故谓之清明。”如今的人们，常常为一种快节奏的生活所累，不如趁着风和日暖的清明时节出去透透气，舒活舒活筋骨。如今的清明，不再是“胡园断肠处”，定会是“日夜柳条新”了。

旅 行

这是十多年前的一件事。

我记得是一次放假。刚分配工作的我想要做一次短距离旅行，同办公室的老乐很是赞同，说：“我也去一个。”老乐四十多岁了，我和他是忘年交哩。我心里也挺乐意，毕竟多了个伴嘛。

出游的目的地我们选在邻县的无名山，不远，大概游人也不会很多。我不大喜欢赶场子凑热闹地去下三峡游九寨。

我们约好早晨六点一同搭长途车前往。我赶到车站时，老乐已经等候多时。他拿着个相机，戴顶太阳帽，倒挺自在的。

“你的背包呢？”我忙问。

“要啥背包？”他望着我滚圆的大旅行包，笑着说。我也笑了，心想：怕是要和我共同享用我“精良的装备”吧。

一路搭车乘船，我除了花费几张人民币，好像什么东西也没派上用场，即便是晕车晕船药。到了无名山，和游人们一样，我们也赶着上山。走了不到一里路，我就感觉到肩头的背包是多么的沉重，而老乐，拿着个相机，一会儿这里取景，一会儿那里拍照，乐个不停。我开始抱怨自己为什么要带这么多东西。露宿帐篷根本用不上，因为气候不适宜，况且这里的旅店好找，也便宜。那几本书也太沉了，大概有近十斤，也是，外出游玩还带什么书。换洗衣服竟带了两套，这是时装表演吗？牙膏、牙刷、毛巾、肥皂，人家旅社里早备好了，价格也不贵。零食竟然也带了两大袋。还有，绳索、刀具、指南针，哪里用得上呀。

我向老乐求助，老乐早已走到前头。好容易叫住了吧，他给我的狼狈样拍了张照，丢下了一句话："自己想办法处理嘛。"看来，我只得想办法处理一下我"精良的装备"了。帐篷我折价卖给了一个小店店主，附赠绳索、刀具、指南针。几本书，我先是丢，后来干脆送给了一个游玩的中学生。牙膏肥皂等物和衣物，连同大袋子送给了一个捡破烂的老头。最后，只留下了一点零食，这是我马上要"解决"的。整个处理过程，我倒像一个没落的小商人，这哪里是在游玩？

好不容易"丢盔弃甲"完毕，以后的路，走得轻松，无拘无束，玩得也愉快。

如今过去了十多年。我已是主任科员，而老乐除了年龄增加了十多岁，什么也没变，还是个小科员，也还是成天的快乐，尽管他面临着老婆下岗、儿子待业、女儿考大学没考上等问题。我却总感到很累，成天应付公务，总想着自己的工作做得怎么样，会不会被提拔，怎么样赚更多的钞票，怎么样玩得潇洒。我很累，我想到要问一问老乐，老乐没再说话，拿出了那次出游时他曾经给我拍的照片——我背着个大大的旅行包，脸上写满了无可奈何。

我懂了。

人生啊，就是一次旅行，你的旅行包里想装的东西越多，你就会感到越累。很多时候，你想摘取离你天远的那颗星，你就会活得更累。顺其自然，其实就是一种真实、一种快乐、一种真正的生活。

第五辑

蝴蝶翩翩入梦来

蝴蝶，像一个个迷幻的精灵，自由飘飞，忽上忽下，悠闲，自在。

干花优雅

在我办公室的书桌上，放着一捧鲜花。鲜花是去年高考前夕学生送给我的。

很明显，鲜花已经成为干花。知道她曾经是一束漂亮的鲜花，这是我最清楚的事。

我仔细地端详着这束干花。猛然，我觉得她仍然是有生命的。我的学生曾告诉我，这束花里，有薰衣草、玫瑰、金盏花，还有一种他们也不认识的花。对于花草，我几乎是个盲人。但我觉得，这束干花，其实仍然是个鲜活的生命。“芳与泽其杂糅兮，唯昭质其犹未亏。”

她的花与叶，很自然地蜷曲着，乍一看，像个没睁开眼的婴儿，仔细看去，又像位慈祥的老人的脸。花的色鲜亮一些，那是老人的眼和嘴；叶的色暗了些，是老人的鼻子和耳朵。我用鼻子凑近，还有些香味，淡淡的，似有似无。这束花，本是用大红的纸包着的，如今的大红，也褪色成了淡淡的红。不过，这正好，成为这花最好的背景。

曾经，看见这束花慢慢枯萎，我想着将她扔进垃圾桶。不想，慢慢枯萎着的她，倒引发了我的沉思。

在地铁上，我见过一位老太太，画着精细的淡妆，穿着一件浅色的旗袍，安详地坐在靠边的座位上。她有时，也听一旁的小年轻说着大学校园的趣事，于是嘴角就有了那么微微的笑。这笑，不经意地，像轻盈的蜻蜓掠过水面一样地轻。见有另一位老奶奶上车，她居然站起了身，示意老奶奶坐着。她估摸着，那位老奶奶年岁比自己大，而且，应该是从乡下来到城里。

我居住的小区里，有一对夫妇，爷爷姓张，奶奶姓李，都是七十多岁的人了。张爷爷总是穿着整齐，儒雅而倜傥；李奶奶呢，身材高挑，一身素色。好几次，我下晚班回来的时候，他们正在小区近东门处的一棵大槐树下演唱，张爷爷吹着小号，李奶奶用英语唱着美妙的女高音。可有时，他们居然在小区里也义务帮着清除墙上的广告。他们拿着小铲，慢慢动作，从容淡定。

这个冬天，我应邀到婺源做一次赛事的评委。赛事结束了，我打算到婺源最美丽的景点篁岭去转一转。评委施老师和他的老伴叶阿姨叫上了我，我们一起上篁岭。那一天，小雪加小雨，天气不算好，可是，两位都已经七十二岁的老人家上山时比我还来劲。叶阿姨摆着姿势，拍出了好几张漂亮的照片。施老师仍兼职做着杂志的主编，精神矍铄。我们由婺源的有着古韵味的地名"钟吕"说起，说到"紫阳""星江河""太白""清华"，再说到当地名人朱熹，一点也不觉得累。下山时，他们的样子，似乎比我还轻松。

原来啊，一个人，慢慢地老去，是可以这样地优雅。正如这一束鲜花，她花和叶的颜色和长短可能变化，但她身上散发的清香，可能比鲜艳时刻更有味道。

我还是想起了张爱玲。1995年9月8日，中国传统节日中秋节的前一天，当洛杉矶警署的警察打开张爱玲居住的公寓时，他们看到了已经逝去的张爱玲。她体态瘦小，却整齐地穿着赫红色旗袍，神色安详地躺在屋中一张相当精美的毯子上。她的旁边，是一叠展开的稿纸和一支尚未合上的笔。

多么美好的画面！

蝴蝶翩翩入梦来

蝴蝶，像一个个迷幻的精灵，自由地飘飞，忽上忽下，悠闲，自在。一会儿是密密的一团，是球状的奇观，倏忽又成了一对一对，成了年轻情侣们惹眼的风景。

蝴蝶翩翩入梦来。蝴蝶飘飞，成了一个蝴蝶的季节。

成群的蝴蝶确实是一种奇观。我常常惊叹于我所居住的院子蝴蝶之多——有时竟有千只吧，我估计。但我是不能数清的，它们自由地变换着它们的阵势，不等你走近，又集体大逃窜到邻家院子里去了。

后来我读到一篇关于“蝴蝶泉”的文章，知道那儿的蝴蝶才真叫多，才真叫美丽。在点苍山北峰，有一蝴蝶泉，蝴蝶泉内，蝴蝶种类繁多，每年的阳春三月到五月，蝴蝶大的大如巴掌，小的小如蜜蜂，成串悬挂于泉边的合欢树上，五彩缤纷。徐霞客曾在他的游记里这样描述：“还有真蝶万千，连须钩足，自树巅倒悬而下及于泉面，缤纷络绎，五色焕然。”诗人郭沫若曾到过蝴蝶泉，也曾写下“蝴蝶泉头蝴蝶树，蝴蝶飞来万千数，首尾连接数公尺，自树垂下疑花序”的诗句，足见蝴蝶聚会之盛况。我虽没有到过蝴蝶泉，但仅由此，便也可想象蝴蝶泉边的奇观了。

儿时的我，总想要捕捉几只蝴蝶，哪怕只是一只，也会觉得心满意足了。但是，总是事与愿违。比我大三岁的哥哥，他总能帮我用自制的丝网捕捉到一只又一只蜻蜓，却总是捕捉不到蝴蝶。我手里拿着那大眼睛的蜻蜓，觉得不好玩，觉得它总是用眼睛瞪着我，我只得将它放生。

要是有只蝴蝶多好啊。我总是这样想。等到我长大上了高中，读了大学的哥哥告诉我：其实当年的我并不是捕捉不到蝴蝶啊，你要知道，蝴蝶多漂亮，我是不忍心捕捉啊，那一只一只的蝴蝶，其实是一个又一个美丽的魂灵呢。

我似懂非懂，只觉得记忆中的蝴蝶是一个凄美的故事。

很小的时候，听瘪着嘴的老奶奶讲梁山伯与祝英台的故事，从来不吵不闹。讲着讲着，老奶奶有时竟会掉下几滴泪来。我们什么也没听懂，只知道有两个人，是两个非常要好的好朋友，变成了一对蝴蝶。后来上小学时我跑了十多里土路去看《梁山伯与祝英台》的电影，看来看去，却睡着了，醒来时就问大人们：

“蝴蝶呢？说有蝴蝶的呢？”

大人们便笑起来了：“蝴蝶呀，早就飞走了……”

可是两个人又怎么会变成两只蝴蝶的呢？我去问过瘪嘴的奶奶，她说她也不知道。我小学快毕业时壮了壮胆子，问我年轻的语文老师，他顿了顿，说：“为什么变成两只蝴蝶呀，你长大了就知道了。”以后的日子，我遇见蝴蝶，尤其是成双成对的蝴蝶时，就会躲得远远的，让伙伴们也不去捉它们，说：“这是鬼蝴蝶！”后来，我知道人是不可能变成蝴蝶的。蝴蝶只是一种再平常不过的小生灵，它怎么可能是人变成的呢？成对的蝴蝶，这是美好爱情的化身，更是人们对幸福生活的憧憬。

再读到张爱玲书，她的好朋友炎樱说：“每一个蝴蝶都是从前一朵花的灵魂。”我似乎懂了，蝴蝶是回来寻找它美丽的前世，寻找它的灵魂了。恍然，我明白了蝶与花的前缘，蝶的执着，花的期盼。

如果，人们把男人比作蝶，女人比作花的话，那么，男人对女人的爱恋是不是就是在找寻那个前世的灵魂呢？否则，为什么，男人总是不倦怠地在花丛中穿梭，栖落，起飞，再栖落，继而再起飞，直到他认为找到了那另一个自己，然后在她的怀抱恬然酣睡，终至老去？

我曾读众多“蝶恋花”词牌的词，总觉得是一种美好，濡染着纯净的美丽或淡淡的凄清。豁达欧阳修写“庭院深深深几许，杨柳堆烟，帘幕无重数”的胜景，多情柳永说“衣带渐宽终不悔，为伊消得人憔悴”的感慨，乐观苏轼描绘“花褪残红青杏小。燕子飞时，绿水人家绕”的图画，伟人毛泽东直抒“我失骄杨君失柳，杨柳轻飏直上重霄九”的情怀。我每每读到“蝶恋花”的词，我就觉得有一只只美丽的蝴蝶在我眼前飘飞，它们美丽着我们的生活，美丽着我们最纯真的情感。

蝴蝶，是一个在诗中栖息的精灵。

北宋诗人谢逸，有诗句“狂随柳絮有时见，舞入梨花何处寻”，把蝴蝶的飘逸风姿写得出神入化；谢逸妄举不第，却留下了咏蝶诗三百多首，留下了一个“谢蝴蝶”的美名。南朝梁简文帝《咏蛱蝶》是现存最早的表现爱情的蝴蝶诗：“复此从凤蝶，双双花上飞。寄语相知者，同心终莫违。”诗人借蝴蝶表达对爱情的寄托，希望有情人永结同心。自此，爱情也就成了蝴蝶诗词中经久不衰的主题。至于李义山所谓“庄生晓梦迷蝴蝶，望帝春心托杜鹃”，借“庄生梦蝶”描坎坷人生如虚渺梦境，进而抒发壮志未成痛苦之情。“蝴蝶梦中家万里，子规枝上月三更”是一种美之憧憬，“留连戏蝶时时舞，自在娇莺恰恰啼”是一种春之和谐。

诗歌，是蝴蝶温馨的外衣；爱情，成了蝴蝶的灵魂。一首诗里，闯入翩然的蝴蝶，也便多了几分甜蜜。蝴蝶，也总是追随着轻柔的风儿，在写满唐诗宋词的花枝栖息。在我生命的诗词里，我不止一次地找寻着属于我的蝶儿，找到了，常常，我又怎忍惊扰你的清梦呢？我是在感受着化蝶辛酸的美丽——蛹破茧而出的刹那，牵动着心，凝聚着血，凤凰涅槃般威猛，春笋破土样鲜丽。

我极少去歌厅K歌，但有一首《两只蝴蝶》的歌我却记得，歌词中写："亲爱的你慢慢飞，小心前面带刺的玫瑰；亲爱的你张张嘴，风中花香会让你沉醉；亲爱的你跟我飞，穿过丛林去看小溪水……"这是写两只蝴蝶的美好世界与快乐生活。可惜的是，那天唱歌的朋友只是拼命地吼叫着这首歌，没有什么味道。也许他根本不懂这首歌的意味，或者，他不知道什么是蝴蝶了吧。

我室内的桌上，是朋友送我的蝴蝶标本，从云南大理带回的。小小的木框里，背景是淡雅的菊枝，两只蝴蝶相对而舞，它们翩翩而起，纤毫毕现。木框左上角题写着两句诗："不畏风霜向晚欺，独开众卉已凋时。"这诗，是在说菊，但我觉得更是在说菊与蝶。也许，只有美丽的蝶才配得上淡雅的菊吧。

有人做过实验，通过可以看清纳米尺度物体三维结构的显微镜，他们惊奇地发现：原本色彩斑斓的蝴蝶翅膀竟然失去了色彩，显现出奇妙的凹凸不平的结构。原来，蝴蝶的翅膀本是无色的，只是因为具有特殊的微观结构，才会在光线的照射下呈现出缤纷的色彩。蝴蝶其实并不是自身美丽，原来是借助了光线的照射才漂亮。人的成长成熟，亦不正是这个道理吗？我的心，更爱着蝴蝶了。据说，蝴蝶美丽的这个哲理，被选用成为高考作文题目。这，对青年学生的成长经验又是一次极好的叩问了。

窗外，两只蝴蝶上下翻飞着，嬉戏着。它们翩跹着，在一片片翠叶上停下，继而起飞，又在一串串粉白的细碎如米粒大的花蕾上栖落，继而再起飞。起起落落之间，我看到的是执着的寻觅。那每一只蝴蝶在找寻什么呢？我不知道，美丽的它们可否找到自己前生？

人生如寄，在生命的花海中，你同样有过不倦的翩跹，而今你是否找到了那一个属于你自己前生的灵魂，可以与之相拥为一，在流光中说着契合的美丽？

恍惚间，我看到的又分明不只是两只生灵了，是一对情侣，在我的心头跳跃着，闪动着，飞入了我的梦中……

一方池塘一方梦

我的家乡在江汉平原，长江像一条巨龙从县城边游过，汉水支流东荆河如一根玉带绕着我们的小村庄。这里的平原，地势平坦似棋盘，大大小小的池塘如棋子一般，散落其间。

我们的小村庄，就有着这么一方池塘。我的家，就在池塘边上。

幼小的我们听着池塘边的洗衣声慢慢长大。天刚刚泛白，池塘边已成了小集市一般。东边的婶婶，西边的婆姨，端着一个大木盆，一颤一颤地出来了。大木盆里，是一家人昨晚换下的衣裳，有时也有大大的床单，那是家里的小孩子又尿床了。木盆的上边，有洗衣板，波浪形的塑料块，两端钉上了木块。还有洗衣粉，用小盒子装着。木盆的最上边，是一个小板凳，这是用来坐着洗衣裳的。没有预约，每天几乎是固定的时段，池塘边的女人的声音准时响起。衣裳就着洗衣板，发出“扑哧扑哧”的声音，如一个乐手敲打着手鼓。也有用洗衣棒来锤洗的，发出的声响就大了，“嗵”地响着，应着不远处的回声，将东方的云层里的太阳叫了出来。

男人们来了，挑着大大的木桶来担水了。来时空空的，走时满满的。时不时地，和别家的女人说着笑话。小孩子们也醒了，来到了池塘边。稍大一点的，就开始择菜洗菜。小一点的孩子呢，母亲找来个小瓶子，灌了洗衣粉的水，让他们就着一支小管子，吹起五颜六色的小泡泡。

幸福的一天就这样开始了。

村子里有池塘，最快乐的当然是男孩子了。这其中就有一个我。

我们可以钓鱼。用细长的竹竿，上头系了细细的尼龙线，尼龙线上系了五分钱买来的鱼钩，鱼钩上挂了红红的蚯蚓。红红的蚯蚓最能诱鱼，尤其是鲫鱼，鱼钩才下水，就有鲫鱼来咬钩。简单的钓具，也能大有收获。不到一小时，小小的鱼桶里就会有十多条鱼。有时会钓上刺泥鳅，这是我们最心烦的事儿，那家伙浑身是刺，咬上了鱼钩却难以取下来，弄不好还会伤了我们的手。机会好时，居然能在池塘钓起甲鱼。我曾经就很幸福地钓起了一只甲鱼，鱼钩给拉断了，甲鱼掉进了池塘边的稻田，最后还是没能逃脱被我抓住的厄运。有时不钓鱼，我们也可以用水盆蒙上层塑料纸来捕鱼。盆里会投放些细米类的食物，蒙上的塑料纸上有个小洞，放在近岸边的水下。一会儿，就会有贪吃的小鱼儿进到小洞里，出不去，成为我们的猎物。

最快乐的事当然是游泳了。十岁之前，父亲母亲是常年地叮嘱我们不要到池塘边玩，更不要下到池塘去，说池塘里有水怪专吃小孩子。但我们不管，在炎炎的夏日，我们会背着父亲母亲，下到池塘里去。我们的游泳没有教练，全部是自学成才。七八岁的我们，都会“狗刨”，两只手不停地向前刨，两条腿不停地向后蹬。长大了一些，我们学会了仰泳，这是最轻松的姿势。还有潜水，我们叫作“扎猛子”，好几次，我们进行着这种比赛。

有了池塘，也就有着村子里人们都高兴的事儿。池塘里每年都会投放些鱼苗，腊月二十左右，村里就架起了抽水机，不停地将池塘的水向稻田里排放。我们管这种事叫“干坑”。“干坑”了，池塘里的鱼就全显现出来了。看着鱼们在剩下的一小片水域拼命蠕动，我们庆祝着属于全村人的丰收。村子里的成年人，就提了水桶去捡鱼，再运到村子里的仓库去。池塘里是养过大鱼的。我见过一条鱼，几乎有成年人的身材那么长了，两位伯伯抬着，抬进了村里的仓库。最幸福的事儿是分鱼。大大小小的鱼，按重量平均分成小堆，然后抓阄。抓阄一般由家里的父母派出家中的孩子来参与，拿到阄之后，全家人都会幸福地提起自己的那堆鱼，高兴地说：“好啊好啊，我家的小子运气好着哩，抓到的这鱼最好……”人们都说着几乎相似的话语，孩子们一路跟着，连蹦带跳地回到家中。

去年春节之前，我回到我的家乡，回到了生我养我的村子。那方池塘，已然没有了那清澈的水，也不见自由游动的鱼，只见满池塘的水草，散发出有些腥臭的味道。我问父亲，父亲也只是叹气。走在池塘边，我似乎看到了小时候的我，我们在池塘里快乐地“狗刨”着。可是如今，这方池塘带给我们童年的美好哪儿去了呢？

（入选江苏省泰州市外国语学校2018年初二年级下学期测试题）

点石成金：

池塘是美好的，回忆更是美好的。江汉平原的池塘，更有乐趣。全文紧紧围绕“池塘”行文，写池塘晨景，写人们在池塘捕鱼，写人们在池塘“狗刨”，都饶有趣味。

但结尾一转，如今的池塘，那些美好呢？让人沉思。结尾之味，就在这一“转”中。

在心间植一株清莲

我是见过牡丹的，国色天香，富丽华贵。似乎片片花瓣都散发着雍容的丰姿，即便是小小的叶儿，也是高人一等，傲视群芳。它们是高不可攀。我每天都能看到小草，遍地都是，用它旺盛的生命力诠注着自己存在的意义。它们，又是太平凡。

我不是敦颐夫子的嫡传，但我的心中总是对莲有一种说不出的向往。香远益清，亭亭净植，说尽了莲的性情。出淤泥而不染，濯清涟而不妖，写全了莲的精神。一株清莲啊，你就是我梦中的爱人。

在心间植一株清莲，我对自己说。

这一株清莲，她是不食人间烟火的小女子。她对世间的要求太少太少，一点阳光，会让她欣喜不已；一丝微风，会让她手舞足蹈；几滴清露，更令她泪花四溅。

这一株清莲，她从大观园中走来，是脱胎换骨的林黛玉，弱不禁风，娇喘微微，成天嗜睡在我心的池塘。冬天的时候，是她怕冷的时候，我心的血滴，这时就成了她的火炉，成天为她闪光。

这一株清莲，她总是充溢着诱人的气息，散发着迷人的情趣，孕育着惹人的果实。她用她青嫩的芽儿和蜻蜓捉着迷藏，她用她翠绿的叶儿和风儿玩着游戏，她用她或红或白的花儿和白云打着招呼，她用她洁白的藕尖自信地迈着前进的脚步，她用她黑黑的莲子谦逊地展示着内心的充实。她，其实是用她自己的生命，写着一首属于自己的诗。

这一株清莲，“可远观而不可亵玩”。她没有高贵，但她有她的矜持；她没有华美，但她有她的优雅；她没有骄傲，但她有她的纯朴；她更没有一丝艳丽，因为，她就是一株清高的莲!

我在心间植一株清莲，让她亭亭立于我心间。每天，我用我的心跳和她约会，用我的心跳呵护她的绽放。我会用我张开的臂膀，为她挡住袭来的凄风冷雨。我会用我蓬勃的生命，为她换取生长的营养。

在心间植一株清莲，这株清莲，是我每天的念想。

在心间植一株清莲，这株清莲，让我的生命一片芬芳。

想要见你一面

那天，我给父亲打了电话，说要回来一下。我已经好久没有回到乡下去看一看父母了，虽然，我工作的小城离父母的住处不过四十公里。

还在路上，开着小车的我内心里想象着和父母见面的场景了。不知道他们的身体比以前是不是好了一些，不知道父亲吃的心脏病药是否见效，也不知道母亲的腿是不是比以前更有力了一些。还有，家里的菜园不知是否还能种菜，后边的小院里今年是不是新喂养了二十多只鸡。

就要见面，我总会想象着见面时的样子。就会像一朵美丽的花儿，自然地开放在心间。心里，也像会播放着一首美妙的轻音乐一般，什么事儿都放下了，都不用去管了。

曾有好朋友笑话我说，你有时想着父母想着家人了，那就电话吧。我说，电话只能有声音啊。朋友又说，那就现场视频啊。我说，视频没有现场感，再说年迈的父母也不大习惯视频的方式。我的心里，向往着古时的人们那种见面的朴素与幸福。不管是与亲人与友人与心上人，想要见你一面，应该成为生活中最幸福的大事。

见面如果太急，就没有了见面的味道。有了“慢”的情调，那见面的意味也就上来了。王徽之是个有意思的人。他曾居山阴，当时夜雪初霁，月色清朗。他独酌自饮，吟咏左思《招隐诗》，忽然忆起老友戴逵。那时戴逵在剡地，他便夜乘小船，摇摇晃晃，前去见他一面。到了门前，却返回了。有人问他的缘由，他笑着说："本乘兴而行，兴尽而返，何必见耶？"

见面之前，相互可以尽情想象，慢慢等待。"欲扫柴门迎远客，青苔黄叶满贫家"，这是等待着的美好意境。"有约不来过夜半，闲敲棋子落灯花"，这是等待时的雅致情趣。尾生是个悲惨的见面者。他与心上女子约好在桥头见面，女子被父母阻止不能前来，洪水却来了。尾生为着应约之信，抱着桥上梁柱而死。女子再来时，见到了死去的尾生，也就随着他一起汇入了洪流。这成了一段爱情佳话。

伯牙抚琴，遇到子期赞曰："善哉，峨峨乎若泰山。"或曰："善哉！洋洋乎若江河。"伯牙叹曰："相识满天下，知心能几人。"他即命童子焚香燃烛，与子期结为兄弟，并相约来年中秋再在此地相见。第二年中秋时节，伯牙如期而至，谁料想此时子期已离他而去，阴阳相隔。伯牙在子期的坟前，抚琴而哭，弹了一曲《高山流水》，曲终，以刀断弦，并仰天而叹："知己不在，我鼓琴为谁？"说毕，琴击祭台，琴破弦绝。后人感之，修建琴台纪念。这就是汉口"琴台"之地的来历。这是友情的经典见面方式。

纳兰性德曾写下"相思相望不相亲，天为谁春？"的诗句，诉说着见面的美好。多年不见，那是格外的亲近与美好。"两情若是久长时，又岂在朝朝暮暮？"若是情人，约好了一年相见。一年之中，两人总是向往着那一天的美好。鹊桥相见，是最真诚的誓言，是最美丽的见面。老杜说："但使残年饱吃饭，只愿无事常相见。"年岁越大，内心里期望相见的愿望就越强烈。或许，这个时候的相见，是两个人之间最好的安慰，是内心里最大的精神支柱了。

不能相见，只能思念了。杜甫流浪在外，却想着家中的儿女："今夜鄜州月，闺中只独看。遥怜小儿女，未解忆长安。"有着相见的意愿，只能遥想亲情的美好。"枕上片时春梦中，行尽江南数千里"，在外的游子，思念故乡是一生的情怀，故乡其实永远在他们的心中。“故乡何处是，忘了除非醉”，这是李清照刻骨铭心的感受。

“相见时难别亦难，东风无力百花残。”美好总是短暂，分别是迟早的事儿。杜牧叹息着见面之后的分别：“蜡烛有心还惜别，替人垂泪到天明。”这是依依不舍，又是为着下一次更好地见面。“桃李春风一杯酒，江湖夜雨十年灯”，相见不如怀念，暂时的分别，或许是为着下一次更美丽的相逢。

东坡先生言：“咫尺不相见，实与千里同。”见面，是多么的重要。想要见你一面，我的内心里，这是一个缓慢的动作，是一个隆重的仪式。唯其缓慢与隆重，才更入心，更美好。

去看一个寂寞的人

深秋时节在西安小住，见有半日空闲，我决定去看一个寂寞的人。

走近园子里的时候，时值正午，阳光正好，温暖铺满了一地。我踩着刻印着朝代的石阶拾级而上，历史仿佛就在这里开始向前回转延绵：中华人民共和国、民国、清、明、元、宋、唐、隋、晋、汉、秦。有山门立着，上书“秦二世皇帝陵”。一旁，是那个妇孺皆知的大笑话“指鹿为马”的场景雕像群。远远地就可以望见赵高，一副颐指气使的蛮横样，周围是几个露出谄媚笑脸的臣子。主人公胡亥，一脸的无奈，眼神无光，不知所措，似乎话语咽在了喉咙，说不出一个字的样子。我轻轻一笑，继续朝前。

当年，正是这位手可遮天的赵高，导演了一幕精彩的故事。权欲膨胀的他，不再是写出完美篆书的书法家，而是让自己的私心小兽跳了出来，想在秦始皇驾崩之后牢牢地将大秦王朝的权柄握在自己手中。他像一头凶残的猛虎，将目标瞄准了胡亥这个怯懦的小儿。他强行连通了丞相李斯，逼死始皇长子扶苏，圆满地完成了胡亥小儿继承帝位的大事。然后，奸猾而恶毒地谋杀了丞相李斯，将秦二世胡亥调教得像一只温驯的小鹿。大秦王朝的大好河山，在赵高一只大手的遮蔽之下，在陈胜吴广刘邦项羽的呐喊声中，在只知享乐的秦二世手里，眨眼之间改作他姓王朝。公元前207年，胡亥在望夷宫被逼自杀，年仅二十四岁。大英雄嬴政先生，设计了始皇、二世、三世以至万世之基业，他万万没料到，这固若金汤的江山顷刻之间如大楼坍塌，土崩瓦解。

向里前行不过二三十米，就会看到一个大土堆。大土堆直径大约二十多米，上头长满了杂草，也野生了几根杂树。那树，东倒西歪，随意地站在那土堆上。我围着土堆转着圈，想要看到点什么。但是，除了杂树和杂草，还是杂树和杂草。旁边立着两块碑石，一块阴刻“秦二世皇帝陵”六个隶书大字，为清乾隆四十一年（公元1776年）陕西巡抚毕沅所立。另一块石碑略小，上边隐约可见“胡亥墓”三个字，为陕西省人民委员会1956年所立。这才让人知道，这就是秦二世胡亥的陵寝了。我们是见过胡亥父亲秦始皇的骊山陵墓的，山体巍峨，高大威仪，神秘莫测，至今仍然是个伟大的谜。我们也见过另外一些君王的陵寝，近处的如杜陵、少陵，远处的如杨陵、茂陵，也是威严大气，即便如此凡夫俗子的碑墓，也是精雕细琢，创意迭出。但，绝不是像二世皇帝胡亥之墓简陋如此，寂寞如斯。我抬脚往回走的时候，那杂树上忽然地飞起了几只鸟，胡乱地叫着飞向远处去了。我心里一惊，我才知道我只是一个人在这胡亥的墓地边游走着。除了我，园子里没有另外一个人。而他，寂寞地蜷缩在园子的角落里，变成了那么一个土堆。那个高不过五米、直径不过二十多米的土堆，如今成为他的天下。不远处的曲江池，白鹅浮绿水，青柳正拂面，一阵阵热闹的笑语不时传来。

但我在这寂寞的园里，心里并不恐慌。我是想着，要细心看看这个寂寞的人。

陵墓边是陈列室，不大，不到三十个平方米，陈列着一些与胡亥陵寝相关的文物。三三两两的柜子里，安放着几只大大小小的陶罐。还有些钱币，不知道是不是秦时的物件，不知道是不是和胡亥的生活相关。墙上挂着几幅画像，自然又是当年的几位主人公，赵高、胡亥、李斯，加上公子扶苏和将军蒙恬。画像上的胡亥，虽然看上去并不魁梧，但也非亡国之君的昏庸之相，他年轻的面孔上甚至散发出一些英气。以手法得到帝王之位不是你的错。既然坐上了那神圣的帝王宝座，就应该想到黎民苍生，应该尽施仁政，应该多听民意。贞观之治的李世民，传到皇位的手段出你之上，但是他留下了千世美名。画像中没有一统天下的雄主嬴政。为什么不挂一幅秦始皇的画像呢？他可是胡亥先生的父亲！也许，挂画像的人们，知道如此不肖之子，做父亲也有推托不了的责任这一大道理吧。

陈列室前后门楣之上写有匾文，分别是“覆舟之鉴”“后事之师”。门两边有对联，皆为警示后人之语。走出正门，又有一联，曰：

空贵为帝室豪君问天下数千年可曾有几人凭吊

未守好先皇伟业遗池边一抔土徒留存万古伤悲

对联虽短，道出了千百年来人们的心声。覆舟之鉴传青史，秦殇之哀演数重。历史的车轮，总是这样苦乐交替，缓缓前行。

我在心里庆幸，秦二世胡亥的陵墓还在，让我们还能看到一些什么，能够在一片黑暗之中找寻一盏又一盏的灯火。据说，胡亥陵墓得以相对完整地保存，首功当属邻近民众。曾有村民挖取秦二世墓的封土建房，被村人及时制止，并进行了严厉批判。当年，能够让一位亡国之君的陵墓能够保全，这是需要远见卓识的。1986年，当地民众自发捐资修建了山门和大殿。之后，西安电影制片厂的李振东先生和另一名叫纪腊梅的女士，两人主动移住陵园，以护陵为己任，开始他们一生的工作。对于这片小小的陵园，二人倾注了他们一生的心血。2010年9月，秦二世陵经曲江新区整修后对外开放。

曲江碧水荡千古，静看几度夕阳红。

陵园的中央有片广场，广场正中是虎符雕塑。虎符，是调兵遣将的信物，一半在君王手中，一半在将军手里。当将军与君王各一半的虎符相符时，才能调动军队。当年的秦二世胡亥，自然是不能自由发号施令。立虎符在此，也算是给他一点小小的无言安慰了。

阳光仍在，落在那简陋的屋瓦上，落在那长满杂草的陵堆上。斯人已去，忧愤不止。我们回望历史，给予胡亥这位昏庸无能的皇帝更多的苛责，也是多余的了。秦二世胡亥，已经殒身成为一个固定的符号。他，警示着我们炎黄子孙正视历史，回归现实。我们要从他的身上汲取历史的教训，然后鼓起勇气，自信前进，奏响中华民族的最强音。

北京城里寻鲁迅

去过好几次北京城，我进了故宫，登了长城，拜了天坛，游了颐和园，转了什刹海，还到史铁生先生的地坛公园去过，但是，我总觉得还缺少一点什么味道。

我想起了先生，鲁迅先生。鲁迅先生是在北京住过的，我要去寻一寻他。

这次北京会议的间隙，我想着去看一看先生。

在网上搜了搜“鲁迅故居”，我知道了路线。上午八点多，就只是我一个人，坐了地铁，出地铁口，很快就到了阜成门内西三条胡同。向人打听，进到胡同不到百米，西三条胡同21号，我就看到了“鲁迅故居”的牌匾。里边是一座小四合院，青瓦灰墙，树木葱茏。我欣喜不已，就要进到院内。不想，却让一青年小伙拦住了：“先生，九点半钟方可进入。”没有想到，我想到的是早早来看看先生的住处，却被一条文字的栅栏给拦在了门外。没有办法，离准入时间还有二十多分钟，我只能慢慢地在门外等。门外是条宽不过三米的“丁”字形马路，勉强可以让小车通行。路两边是香樟树，叶子青翠。初夏的阳光，在叶子的缝隙里，投下圆圆的斑点。

九点半，我拿着身份证检票，第一个进入到鲁迅故居的院子里。正对着大门的，是一尊信笺纸形状的雕塑。信笺纸是打开着的，上边有大大小小的文字，应该是先生作哪篇文章时的稿纸。我细细看了看，看不出是哪篇文章，因为上边的灰尘太脏，字迹的颜色也完全褪去。后边是先生的白色雕像，只现出了上半身。那“一”字形的胡须，那似铜丝样的头发，让人见了能隐约知道这就是先生曾住过的地方。进入到展厅正厅，我原想着见一见先生的遗物或文稿。然而，让我失望了，因为里边是某某所谓书法家的作品展。见到那些书法作品，我像见了些苍蝇，于是逃了出来。

按照示意图，我找到了先生的居所。我却只能远远地观看一下，因为那门口立下了大牌子：正在施工，敬请勿入。站在大牌子前，我向先生的住处望去，四五间平房，一字儿排开。那房子，青色的砖瓦像是冰冷的，黑色的木门紧闭着，想是闻不着先生的气息了。

我只能失望地在远处拍下几张照片。正叹息着，一名年轻的保安走过来了，说：“这屋子是鲁迅先生当年真正住过的，要进去的话，要过些时日。你其实还可以到八道湾去啊，那儿还有先生的故居。那八道湾的故居更大，是先生当年花了350大洋购置的，这儿的故居，是先生与弟弟一家吵架之后搬来的，只花了80个大洋。”

“在我的后园，可以看见墙外有两株树。一棵是枣树，还有一棵也是枣树……”这是鲁迅在散文《秋夜》一开头说的两句话。在西三条胡同居住期间，是鲁迅先生在北京工作最繁忙、创作最旺盛的时期。如今，在这后园里我是没能看到那两棵枣树的了。在《秋夜》中，鲁迅也曾生动地描写自己的生活：“小飞虫……他们一进来，又在玻璃的灯罩上撞得丁丁地响……”就是在这微弱的灯光下，鲁迅先生写下了杂文集《华盖集》《华盖集续编》、小说集《彷徨》的大部分和散文集《野草》等作品。1926年8月，鲁迅启程赴厦门，留下鲁老太太和朱安女士一直在这里生活，直至1943年、1947年她们先后病逝。为了防止鲁迅遗物流失，中共地下工作者通过关系，以“接管”为名把故居查封，使故居得以完整保存下来。1949年，鲁迅先生的夫人许广平将这座鲁迅故居及鲁迅部分藏书、手稿等全部无偿捐献给国家。自1949年10月19日始，鲁迅故居向全社会开放，供各界人士瞻仰、参观。

我于是想起，这西三条胡同的故居是先生后来居住的屋子。1924年5月至1926年8月，先生在这里工作和生活。那八道湾胡同的故居，故事更多呢。我立即用手机扫了单车，一个人慢慢骑行，前往八道湾胡同11号鲁迅故居。在那儿，鲁迅和他的弟弟周作人、周建人一起居住，从1919年到1923年。其后，鲁迅在西城区砖塔胡同61号短暂居住。

按着导航，我到了八道湾胡同。可是，我就是找不着“鲁迅故居”的地方。在胡同口来回走了三趟，也没见着入口。我问了问一名大爷，大爷指了指不远处说：“那儿就是啊。”我看了看不远处，那是北京三十五中学呢。原来，这八道湾胡同的鲁迅故居，在北京三十五中学的校园里边。

我按了按门铃，进到校园里边。这里是北京三十五中学的后门，门口黑黑的保安查问我有什么事，我回答说来看看“鲁迅故居”的。保安连连摆手“不行”，这里是校园，得和学校先联系。我于是和他说上了道理：“我是一名中学语文教师，我想看看鲁迅先生的故居不行吗？”我想着一定要进到先生的故居看一看。

保安说自己不能做主，他于是叫来了他的保安队长。我对队长说：“你们不能让鲁迅故居成为三十五中的私有财产，鲁迅先生是我们大家共同的先生。你们得让一个中学语文老师进去看一看他和弟弟周作人先生当年生活的场景。”保安队长看出了我一定要进去的决心，于是让一个年轻的保安陪着我进到了先生的故居前。

这里其实也是当年志成中学的旧址，留下了李大钊等老一辈革命者的大量遗物。鲁迅故居就在志成中学旧址的旁边。这里的屋子更气派，鲁迅的塑像也更高大。我估摸着是之后重建的，不如西三条胡同的真实。在这里，周氏兄弟发生了很多的故事。当年，年轻的梁实秋在清华就读时，来这儿请周作人先生去演讲，和鲁迅先生见了这人生的第一面，鲁迅先生轻轻地对年轻人说：“你们要找的周先生在后头院子里。”简单的对白，不知道是不是暗藏着十多年之后那场笔战的缘由。也就在这里，当年中国两个同为兄弟的著名文化人分道扬镳了。据说，弟弟周作人用烟灰缸砸向了他的兄长。

这里的院子很大。两条长长的青色瓦屋，似乎自然地将兄弟两人隔开着。

如今，这里的鲁迅故居居然成了北京三十五中图书馆的一部分。这让我在内心里一直愤愤不平。

走出八道湾胡同，我满意地向最先拦住我的那黑黑的保安挥挥手。因为我知道，寻找着鲁迅先生，为着我的语文教学，但更多的是朝圣的心理，于自己的作文也是一种鞭策的力量。

我曾在绍兴的三味书屋看过，在那儿的鲁迅故居待过。我觉得，分明没有这北京城里的先生故居真实可感。

到地坛公园走走

到了北京，去转转的去处，自然少不了地坛公园的。

说是自然少不了，是因了一个人。我想到地坛公园走走，想仔细看看这座属于史铁生先生的精神家园。

我骑着单车到地坛公园门口。地坛公园，像位熟悉的老朋友，静静地立在那儿，等着我。我的职业是高中语文老师，在曾经的语文课堂上，我和学生一起读史铁生先生的《我与地坛》，我们有过一起落泪的感觉。

在这春日，阳光灿烂的时刻里我走进了园子。林木满园，树影婆娑。高大的祭坛，朱红的墙体和碧绿的屋瓦，协调地掩映在丛丛树木之中。园子里的景大致是没有变化的，如史铁生先生文章中所写。站在园子里，我仍然可以想象，当年的史铁生，他和他的母亲怎样一前一后进到园子里。爱发脾气的儿子自个转着轮椅走在前边，白发的母亲偷偷地在后边蹒跚。母亲的心里，总是一直担心着儿子，担心天天生气而有着思想的儿子出什么意外。母亲知道儿子想要单独静一静，她不会主动问上儿子几句话，她只会每天帮儿子准备好外出的物品，会目送着儿子的轮椅慢慢驶出家门，会在身后默默地看着儿子，会在很晚的时间去大大的园子里寻找呆坐在轮椅的儿子。

那个儿子，史铁生，在最狂妄年龄里双腿瘫痪，没有办法不让自己暴躁。他最先是不懂母亲的苦的，等到母亲去世了，他终于明白了母亲的苦，懂得了母亲对儿子最深的爱。儿子知道，“她心里太苦了，上帝看她受不住了，就召她回去”。

我自由行走在公园的道路上。道路很宽敞，可以走小汽车，应该是之后修整过的。公园里的人不算多，都是悠闲的样子。正是周末，有拿着书本坐在椅子上看着书的学生，有打着羽毛球的情侣，有踢着鸡毛毽子的中年人。更热闹的是，几个老年合唱团，穿着整齐的服装，在自备话筒前尽情地歌唱着。也有两三个转着自个儿的轮椅的人儿，如当年的史铁生一样。我又想起了史铁生，他在地坛公园里，用他的轮椅走过十五年。这个园子，于他，正如上帝赏赐给他的精神家园。他注视着公园里出现的每一个人。有那每天傍晚都要来走一圈的夫妇俩，这对夫妻在园子里一直走了十多年；有那在园子里坚持着练习长跑的健将，命运总是在捉弄着他；有那认真练习唱歌的年轻人，两人目视了好几年，年轻人最后临走的一天和他之间打了再见的招呼；还有那个漂亮的小女孩，原来她竟然精神发育迟缓……更多的时候，史铁生观察着公园里的小生命，“蜂儿如一朵小雾稳稳地停在半空；蚂蚁摇头晃脑捋着触须，猛然间想透了什么，转身疾行而去；瓢虫爬得不耐烦了，累了祈祷一回便支开翅膀，忽悠一下升空了；树干上留着一只蝉蜕，寂寞如一间空屋；露水在草叶上滚动，聚集，压弯了草叶，轰然坠地摔开万道金光”“满园子都是草木竞相生长弄出的响动，悉悉窣窣悉悉窣窣片刻不息”。这座园子，在史铁生的眼里，荒芜但并不衰败。

越是感受到生命的欢跳，他越是痛苦的，在痛苦中思考人生。他思索着要不要死去的问题，但是很快他得到了结论：死是一件不必急于求成的事，死是一个必然会降临的节日。也只是“节日”一词，让我在课堂上的那颗心充满了泪水。他于是又思考了怎样活的问题，他已经用他手中的笔，用一篇篇精美的文字清晰地告诉了我们。可惜，这时，他的母亲已经离他而去了。他是多么希望他的母亲还活着。也可惜，我们亲爱的史铁生先生，也离我们而去，留下一个坚毅的背影。

公园里树很多，我在找寻着当年史铁生躲藏母亲的那棵树。但那树的样子似乎没有什么特别之处。我于是就随地找了棵柏树，站在柏树下拍了张照片，在内心里对史铁生先生和他母亲表示最真诚的敬意。

公园里，祭坛的门照样紧锁着。我其实希望能遇着一尊史铁生先生的雕像，但没有，也许未来的日子里这个愿望会实现的。不过，走进地坛公园的我，真实地嗅到了史铁生先生的气息。是的，要珍爱身边的亲情，等到有一天，那个人不在你身边时，你的后悔是没有作用的。是的，要好好地活着，如生命巨人史铁生先生一样，活出生命的精彩！

聆听贾平凹

西安一座城，西安一个人。

我去过西安三次了，每次总想实现我的一个愿望，去见一个人，那就是去拜访贾平凹老师。问过几个我熟识的西安文友，他们笑了笑对我说："难啊，见贾老师很难呢。"有一个文友小声地对我说："见贾老师要预约，预约成功了呢，按时去，见面不会超过五分钟，五分钟之前是一个人，五分钟之后又是另一个人在和他见面，如果想要求写几个字，那是难于上青天呢。"

我知道实现这个愿望难，但我一直在寻找机会。终于，在西安学习的间隙，我结识了《美文》杂志的谢编辑。他笑着对我说："我来帮你试一试。"好消息在我离开西安的前一天传来了，我当晚可以去拜访贾老师。

晚上八点，我们敲开了贾老师的门，立即就见到了那熟悉的面容。屋内一名西安的女作家和他谈话刚刚结束。贾老师说着"欢迎"，我们同行的西藏女孩立即向他献上了哈达。贾老师大笑起来，"这个好，这个好。"说着，他让西藏女孩站过去，和他合影留念。

在他小小的会客室里，我们围坐在一起。先生拿出几个碗，倒上泡好的茶。先生慢慢地说："茶是新茶，碗是旧碗，20世纪60年代的。"我们端起茶碗一喜：想不到，喝茶的碗居然也是文物呢。

墙壁的四周，是贾老师多年淘来的宝贝，密密麻麻地摆满了。一座又一座可爱的佛，有的只有半边脸，有的却少了只耳朵，有面目看似狰狞的木头小怪人，有那些年代久远的陶碗陶罐子，还有各种各样的石头。有一面墙是书橱，书橱里全部是先生出版的著作，包括中外各种版本。在客厅正面墙上，挂着先生手书的“耸瞻震旦”四个行书大字。我小声地问先生这四个字的含意。先生笑了笑说：“这几个字，我曾经给巴金先生写过。‘耸’就是耸肩；‘瞻’嘛，就是看的意思；‘震旦’，是中国的古称。‘旦’是太阳也是天，‘复旦’就是第二个太阳。”我一下子懂了先生的心思，也佩服他的博学。

我向先生提出了我多年的一个问题：“贾老师，我读书时读您的作品，如今教学也教您的作品，您名字最后那个字的读音到底应该怎样读才好呢？”

先生点燃一支“中华”牌香烟，慢慢地和我讲起了故事。原来，先生不是在自己家里出生，而是出生在一户姓“厉”的人家。这户人家是地主，但1949年以前共产党军队的团部就设在厉家，团部的负责人之一是贾家的姨父。贾家在贾平凹先生出生之前已经有一个孩子出生，可惜出生之后不幸夭折。贾家姨父于是建议这又一个即将到来的小生命暂时转移到富户人家厉家出生。为了纪念厉家，便给这个平安降临的孩子取名“贾厉平”。孩子还小，按照当地的习惯，父母唤来唤去，就将孩子的名字叫成了“平娃”。等到读大学时，这个孩子意识到自己不能叫作“贾平娃”了，于是自作主张改作“贾平凹”。

“那就应该读成贾平‘wā’是正确的了。”我回应着说。

“是的，应该是‘wā’的读音。”先生说，“你看看我们面前的两块石头，一块黑色灵璧石，石头中间有个大大的坑洼；另一块石头，样子极像一只青蛙。这也是两个‘wā’哦。”先生大笑，我也为先生的幽默而哈哈大笑。

我谈到了语文教学。我说：“贾老师，我教学您的《一棵小桃树》时，设计教学的大体思路是先品读文之美，再试写美之文。”

“这个好，这个设计好。”先生接过我的话，“这是我20世纪80年代的一篇小东西，我是真看到有这么一棵小桃树之后写的。学生学了，应该要会写一写，重要的是，要写出物的精神。”

我心里惊喜，想不到先生也懂得教学之道。于是，我们又开始说他的《丑石》。

“这块丑石也是真的呢，当年就在我家门前卧着。”先生告诉我们。说着，他递给我一支烟，我笑着摆手，“我不抽烟，您请。”

“那，你带上一整盒烟吧。”他向我递过一盒软“中华”烟，我笑着收下留作了纪念。

我们拿出先生的作品，请先生为我们题字。先生拿出签字笔，一一地问着姓名，为我们写下鼓励的话语。我打开先生的最新小说《山本》，先生在小说的扉页写道：“陈振林先生正，文学是精神的火光。平凹。2019年11月25日于西安”。我又拿出我的作品集《最是人间留不住》，请先生为我的女儿陈菡写一句话。

“女儿多大了？”先生问。

“二十三岁。”我说。

“那就可以称她为女士啦。”先生说。然后，先生在书的扉页写下：“陈菡女士正，好好读你爸的书，幸福一辈子！平凹。2019年11月25日于西安。”

然后，我们一一和先生单独合影留念。知道先生有轻微感冒，我们提出告辞。先生轻轻地说：“还坐会儿吧，早着哩。”我们又坐了下来。先生走进里屋，端出了几个柿子，说：“来，来吃柿子，正宗的我老家乡下的柿子。”我们推辞，先生却拿着柿子，一个一个地发到我们的手上。

吃完柿子，我又“得寸进尺”了。我坐在先生身边，说：“贾老师您是中国作协副主席，我是中国作协会员，您是我的领导，我有个不情之请。”

“那说啊，我们的关系近着呢。”先生说，语气有些急。

“我准备出版新的长篇小说，篇名叫‘第一中学’，是教育题材的。请您帮我题写书名，可以吗？”我小声地说。

“当然可以。”先生说着，拿出了笔，在我准备好的纸上，竖着写下了“第一中学”四个大字，左边竖着写下他的名字“平凹”。他又对我说：“写长篇啊，不能急。要先有大框架，要用心走访得到一些资料。急了，长篇就长不了了。”先生的声音不大，但我听得清清楚楚。这不就是最基本的长篇写作经验吗？我在心里真诚地感谢先生，他就在这不经意间传授给我文学创作的方法。于文学后辈的我，这是最大的鼓励，是最有效的鞭策。我一定铭记先生的话，拿起手中的笔，不停地写下去。

我们担心打扰先生，又提出告辞。先生说：“那再看一看我的书房吧。”于是我们跟着贾老师进到他的书房。先生走在我的前边，摁亮了书房的灯。书房最里边是他的书桌，摆放着纸和笔。书房只留下了一条走路，其余的空地上全部是先生淘来的宝贝，比客厅里的更多。我小声地问先生：“您如今还时常到古玩市场转转吧？”

“如今基本不去啦，精力不够了，金钱也不够了。”说着，先生笑了。我们也笑了。

先生将我们送到门外。同行的女士和先生轻轻拥抱道别，先生拉住我的手说：“我们两个，就不拥抱了啊。”

我们都一齐哈哈大笑。我们进了电梯，先生的目光还看着我们，他对着我们挥手。

正定访古

在石家庄开会，我觉得石家庄的天空总是灰蒙蒙的，像中年汉子好几天没有洗过的脸，布着东一片西一片的尘土。如果说紧靠着石家庄的北京城是个光鲜的城里大哥，那么石家庄就是这城里大哥的乡下小弟了。会议结束了，我也没有出去转转的打算。

“到正定去啊，是座古城，很近的，好玩。”酒店服务员小声地对我说。

印象中我知道正定县，没有想到正定还是座古城。网上查了查，我知道早在春秋时期（公元前770年），居住在今河北省境内的白狄族人（姬姓）就以正定为中心，建立了鲜虞国。正定古称常山、真定，历史上曾与北京、保定并称“北方三雄镇”，是国家历史文化名城，中国民间艺术之乡。

我立即跳上公汽，前往正定。不过40分钟车程，就到达正定县城。路口，到处是景点指示牌。我本来是想着先进“荣国府”的，当我在常山路看到“赵云庙”的提醒时，我决定先到赵云庙。我是个三国迷，当年我还在读小学三年级时就连滚带爬地读完了《三国演义》。那个白袍将军，那个出口便道“我乃常山赵子龙也”的常胜将军，想不到我在正定能够遇上他。下了汽车，我走了三分钟，就到达了赵云庙。庙前立有赵云骑马拿枪的雕像，高大而有气势。那赵将军威武神勇的神情，活灵活现。我曾驾车经过湖北的当阳，是赵子龙当年单枪匹马杀了个七进七出的地方，是他的英雄气冲天之地。可是，当阳的赵云雕像显得秀气得多。赵云庙建筑有庙门、四义殿、五虎殿、君臣殿和顺平侯殿，依次展开。这雕像，这庙宇，算是对子龙将军最好的纪念了。

我接着前往“荣国府”。景点之间相隔不远，我走了大约十分钟就到了。途中，经过中国乒乓球训练中心，大门紧锁；我只是拍了张照片，算是纪念。原来，这里是生产中国乒乓球冠军的基地呢。

这“荣国府”，是1987年版《红楼梦》的拍摄地。小说《红楼梦》是经典自不必说，但在条件相对差的1987年，能够拍摄出如此精彩的电视连续剧，那就让人称奇了。这荣国府主要由荣国府景区、宁荣街景区、曹雪芹纪念馆等景观组成，依据中国古典名著《红楼梦》中所描绘的“荣国府”设计和建造的。1986年7月，历时一年八个月，荣国府顺利竣工。《红楼梦》剧组在荣国府拍摄了近两个月，两千多个镜头，其中“元妃省亲”“秦可卿出殡”都是在荣国府取景拍摄完成。

宁荣街景区，位于荣国府右侧，是一条再现康乾盛世景象的仿古街道，参照乾隆南巡图设计。我只是远观，我要进入荣国府了。最外边是曹雪芹纪念馆。曹雪芹纪念馆主体展厅分为曹雪芹生平展、曹雪芹书房、红学展、曹雪芹家世展、红学名家展、红楼文化、民俗器物展六部分。曹雪芹纪念馆运用了陈列手段，通过实物、图书、美术作品等，描绘了曹氏家族由盛到衰的历史过程，探索了《红楼梦》创作的生活渊源。

荣国府景区，为一正两厢鹿顶钻山形式的多进四合院，分中、东、西三路。中路依次是荣府大门、外仪门、向南大厅、内仪厅、荣禧堂、后围房、贾政公务院，这中路建筑采用了宫廷式彩绘。东西两路为内宅院，采用了苏式彩绘。西路有西角门、垂花门、大理石屏风穿堂、贾母花厅、贾母正房、荣庆堂、凤姐院。东路是王夫人院、贾赦院。在每一处小景点，都在播放着当年电视剧里的经典情节，让人回忆久久。在荣禧堂，面对着对联“座上珠玑昭日月，堂前黼黻焕烟霞”，我陷入凝思。也就是这荣禧堂相关的内容，我和学生一起学习《林黛玉进贾府》这一篇课文时，认真研读了好几个细节。

如今的“荣国府”，仍能带给我们回忆经典的欣喜，更能带给我们对大清王朝衰落时节的些许碎片沉思。

在正定，自然要看一看古寺古庙等古建筑的。正定古代建筑，素有“三山不见，九桥不流”“九楼四塔八大寺，二十四座金牌坊”的美誉。我决定前往最著名的隆兴寺。始建于隋开皇六年的隆兴寺是中国著名的十大名寺之一，被梁思成先生称为“京外第一名刹”，寺内铜铸千手千眼观音堪称世界之最，摩尼殿是世界古建筑孤例，龙藏寺碑被誉为“隋碑第一”，倒座观音被鲁迅先生惊叹为“东方美神”。进到隆兴寺内，果然古木参天，殿宇巍然。我慢慢地走，慢慢地品味着正定不一样的寺庙文化。

大约两小时，我走出了隆兴寺。我想着要看看其他古塔古寺，我也想着要和正宗的正定人说上几句话。正好，有辆电动三轮车老师傅走近了我，说开着车带我去转一转。我上了车，一问，知道老师傅已是七十六岁的年龄了。老师傅向我介绍正定的一些景点，他说，开元寺钟楼是中国现存的唯一唐代钟楼，还有天宁寺凌霄塔、开元寺须弥塔、临济寺澄灵塔、广惠寺多宝塔等也值得一看。老师傅将我拉到了崇因寺前，告诉我说：“这里有好几处景点，很集中，逛完之后可以上正定古城墙逛一下。”我慢慢地行走着，近观眼前的寺，远望远处的塔，像是行走在佛教历史的书页里一般。在广惠寺多宝塔前，我停下了脚步。这辽金时代遗物，造型奇特，建筑精美，具有极高的建筑学、美学价值。那满是沧桑的塔壁，似乎渗出满面的眼泪。

不远处就是正定古城墙。我缓缓地拾级而上，坐在炮台上，看着远方的天空，想着历史的天空。时光，于古于今，总是这样匆匆而逝。

古城墙脚下，有公共卫生间，五星级标准。在这里，窗明几净，有绿色入眼，有免费网络，有直饮水，有提供休息的软凳。

稍作休息，我坐上了返回石家庄的公汽。坐在车上，我仍在回味着正定的古色古香，回望着这偶遇的小小历史名城。

花　鼓

江汉平原的秋冬时节，稻谷收进了粮仓，人们穿上了夹衣。这时候，是要有场戏的。

以皮影戏居多。哪家得了孙子，或是结婚嫁女，主人就会请台皮影戏。乡下唱戏没有固定的戏台，于是就搬几张过年吃饭才用上的四方桌子，方方正正地一拼，戏台就成了。皮影戏班子的人也不多，提前一天请好，当天叫来，天一黑立即开锣，好不热闹。

但江汉平原真正的戏不是皮影，是花鼓。

花鼓，本来不叫戏，原是江汉平原的人们遇上灾荒时沿路乞讨时的唱调。“沙湖沔阳州，十年九不收”，唱调之人以沔阳地区的百姓为主。遇上灾年，他们外出乞讨，带着特有的三棒鼓或者是渔鼓，一家一家地走，一家一家地唱，所以也叫“沿门花鼓”。“穿街过市流浪苦，沿门乞生唱花鼓”，道尽了他们心中的多少哀伤。后来，没有了灾荒时，他们也在田间地头唱，就有了广为流传的薅草歌。然后，发展到逢年过节喜庆时也唱，于是就开始流行高跷、采莲船、蚌壳精、三棒鼓、渔鼓、敲碟子等说唱歌舞。这些，也算是正宗的民间艺术了。最后，发展成为有剧情的戏，就是花鼓戏。地处荆州，就称之“荆州花鼓戏”。

“这花鼓才叫戏呢。”白水村里六十多岁的胡心冲脸涨得红红的，大声说。

这已是农历十月，村子里老伙计胡心好七十大寿还有一个多月就到了。胡心好的儿子胡天这几年养鱼有了些积蓄，就想着请台花鼓戏来为老头儿祝寿。胡心冲拍了拍胡天的肩膀，竖起了大拇指，“小子有孝心！我来帮你联系。”胡心冲是会唱花鼓的，只是，人们这些年来像从来没有见过他上台表演，只是听到他喝酒之后不停地哼唱：

墙外喜坏杨玉春。
先前是我错怪你，
水落石出见真情。
墙外打躬赔不是，
白头到老结同心……

大家一听，就知道这是《站花墙》里小生杨玉春的唱词。再让他唱，老头儿胡心冲却笑笑：“不唱了，唱不了了……”

胡天和胡心冲当即确定冬月初十、十一唱两台花鼓戏。花鼓戏班得提前一个月去请，任务自然落在了胡心冲的头上。第二天，胡心冲就骑上自行车，赶往四十里外的戏班联系点。他不打电话联系，也不坐公汽，说“那样心不诚”。

冬月初八，开始张罗戏台。专门建一个戏台是最好的，但是不适用，也不划算。还是用四方桌子拼，村子里三十二户人家，就将三十二户人家三十二张四方桌子都搬了来。要是少了哪一家，人家就会有想法的。借着唱戏，让每家每户都沾点喜庆福气。戏台要平，平得像一大张四方桌子一样，大伙就用破砖碎瓦塞桌子脚。初九，“江汉”花鼓戏剧团进入村子。胡心冲和剧团的李大头、陈立身两位是老朋友，都是年过六十的人了。他们也闲不住，和小年轻们一起挂帷幕，牵电灯，又忙活了一天。

戏台搭好了，电灯点亮了，夜也不黑了。胡心冲和李大头、陈立身几个老朋友开始晚餐，说明天得上戏台，是喝不成的，那今晚还是喝点酒。坐在下首的胡天刚刚给几位斟满酒，却听得有唱调从戏台上飘过来：

风吹杨柳条条线，
雨洒桃花朵朵鲜。
春风不入珠帘内，
美容何日转笑颜……

大伙一听，这不正是明晚就要上演的花鼓戏《站花墙》小旦王美容的唱词吗？戏中，王美容正要和丫鬟春香一起去找自己的心上人杨玉春。

这唱腔正哩。花鼓戏团团长李大头心里一惊。

“再唱一个，再唱一个……”戏台前有人在叫喊着。戏台一搭，人们就聚拢来了。

于是又传来了唱词：

公子你且放宽心，
终身大事我担承。
一更鼓，二更静，
三更时分进花园。
赠你的金子十六两，
赠你的银子两半斤……

大家知道，这里的剧情是王美容在向心中人杨玉春对质，戏中将杨玉春“调包”成自己的坏家伙张宽在偷听呢。

李大头、陈立身和胡心冲，他们正要端起酒杯的手停住了。

就有人在戏台前大叫：“疯子，女疯子，快下来……”李大头、陈立身和胡心冲他们就顾不上喝酒了，跑步来到了戏台前。他们担心，有人来砸场子了。

胡天连忙上前向他们解释：“不要紧，这是个疯子，新河街上的一个疯子，已经疯了二十多年了，我们这儿的人都知道她是个疯子，是个精神病。”

可是，疯子继续再唱：

金子拿回去买田种，
银子拿回去攻诗文。
大官小官求一个，
来接你妻王美容。
纵然科场不得中，
海角天涯我随行……

疯子没有化妆，也没有行头，只是清唱。她的声音，缠绵婉转，不绝于耳。

陈立身是小生出身，他将《站花墙》“杨玉春”的内容接了上来：

墙外喜坏杨玉春。
先前是我错怪你，
水落石出见真情。

墙外打躬赔不是，

白头到老结同心……

戏台上的女疯子听了，立即停住了唱，她的脸上，满是眼泪。然后，她缓缓地走下戏台，又快步地向远处跑去，一下子没了人影。

陈立身拉住了李大头，小声说："大头，她是王梅云。"李大头这才明白。他们两人拉着胡心冲又回到了酒桌。

胡心冲端起酒杯，喝下满满的一杯白酒，说："她，还是来了……"六十多岁的胡心冲，脸上全是泪水。

他们三人，都知道有一个故事，三十多年前的一个故事。花鼓戏剧团里，唱《站花墙》的小生小旦，他们两人到了谈婚论嫁的时候，但是小生听父亲的话，娶进的是村里的一个姑娘。小生婚后留在了村里，不再上台唱戏。小旦不知道跑去了哪里，据说嫁了一次两次，十多年之后成了个疯子，衣不蔽体，到处乱跑，家里人也不去管她……

女疯子在村子里上台唱戏的事，是前年春节时听我的父亲讲给我听的。

第六辑

父亲的爱里有片海

在台风来临之前，父子俩终于看到了海，那瘦瘦的孩子永远地闭上了眼睛，躺在父亲的怀里，脸上漾着幸福的笑容……

半夜鸡叫

陈三半夜醒来，是因为他听到了一个声音，一声鸡叫。

他听得有些迷糊，似乎不是鸡叫。于是他就躺在床上，在黑夜里睁大了双眼，似乎听得更清晰了。

“咯咯咯……”又传来了一声，显得更为雄壮有力。

是鸡叫！陈三确定是公鸡的叫声。他蹑手蹑脚地起床了，担心吵醒身旁的妻子娟子。他走到阳台边，耳朵贴着窗户，想听得更清楚一些。

“咯……咯……咯……”果然，又传来了一声鸡叫。陈三听着，耳朵有些畅快。估算着有十三年了，在夜里没有听到鸡叫呢。

“怎么了，不睡觉啊？”妻子娟子醒来了，小声地抱怨陈三。陈三将嘴唇凑到妻子耳朵边：“听到有鸡叫呢，你听听……”一片漆黑里似乎能看到陈三欢喜的笑脸。

“睡吧睡吧，这里是城里的书香小区呢，我们住在四楼，哪有什么鸡叫？”妻子说着，将身子翻过去，背对着陈三了。

陈三睡不着了。是的啊，从小镇里搬到这座城里生活了十三年，十三年里的夜晚，真的没有听到过鸡叫呢。他开心地笑着，又进入了梦里。

第二天早上，陈三起得早。对门刘大民也起得早，一看见陈三就叫："陈哥，昨晚听到鸡叫了吧？"陈三笑着点头，算是回答。两人一前一后，很快就到了楼下。隔壁单元二楼的老李、三楼的张嫂也在楼下，像通知开会一样，他们整齐地站到了草坪中央。

老李望着陈三，说："陈兄弟，是不是你家养了公鸡了啊，昨晚听到打鸣声了呢。"

陈三忙着回答："我是听见公鸡叫声了，但我家确实没有养鸡。我也正想问问，是哪家养鸡了。"

三楼的张嫂说话了："这养鸡的事儿可不能做啊，各小区都发了公告了的，说不能养鸡，养鸡的人是要处罚的。"大家就都忙着一齐点头，说"是是是"，都知道这小区是不能养鸡的。

于是各人就散了，忙着去吃早餐，然后就忙着去上班。中午下班回家，陈三就听到妻子娟子说："果然有人养鸡呢，你昨晚是真的听到鸡叫了。刚才小区的物业来查看了我们家，说看我们家有没有养鸡。"陈三就问查看的结果，娟子说："听张嫂说，物业走了一圈子，却没有查到呢。"

晚上天一擦黑，陈三就躺在了床上。他白天的工作有些累，但是他却睡不着，他似乎等待着什么。他在床上拿起一本书，觉得没心思看。又拿起手机，想看点新闻，翻了翻也觉得没意思，放下了。他就问娟子："你说，今晚那公鸡还会打鸣吗？"

"是公鸡，夜半自然会打鸣的，你早些睡吧，到时好好听听。"娟子有些嗔怪地说。她不知道，自己的这个男人为什么会对公鸡打鸣有兴趣。

陈三等着公鸡打鸣，可过了晚上十一点，他仍然没能等到。其实，他本来是知道公鸡不会这么早打鸣的。终于睡着了，他是太累了，醒来时，天已大亮。他是被楼下的吵嚷声给吵醒的。他看到对门的刘大民站在楼下，于是快速起床下楼，他准备问问刘大民昨晚的公鸡打鸣了没有，因为自己没有听见夜半的鸡叫。

陈三到楼下时，楼下的吵闹声就更大了。原来，小区胖胖的物业管理员已经将养鸡的住户找到了，原来就是陈三对面单元一楼的小丁家。胖胖的物业管理员拉住小丁，大声叫道："说过好多年，说了好多遍，小区是不能养鸡的，养鸡是要罚款三百元的，那，我们按规定办事，你得交出三百元罚款……"

"为什么要养鸡啊？我去年过年之前想养几只鸡也没有养呢，也是为着守这个规矩。"隔壁三楼的张嫂也说，理直气壮的样子。

小丁个子不高，在实验小学做老师。他推了推鼻梁上的眼镜，小声地说："罚款我交，只是，我家六十多岁的老父亲要回老家去了……老父亲从乡下来我这儿，他说，夜里听不到鸡叫，他睡不着……"

"这个，他就睡不着啊？这是个什么理儿？"胖胖的物业管理员不明白，可是他不管为什么了，他从小丁的手中接过三百元的罚款，嘴里像念经一样地离开了。

晚上，陈三在床上，像煎鱼一样，翻来翻去，就是睡不着。到了夜里两点多，他仍没听到那公鸡打鸣的声音。妻子娟子就不明白，不停地问道："你这是个什么理儿？怎么就睡不着呢？"

早上起来上班的时候，陈三眼圈黑黑的，看到对门刘大民的眼圈也黑黑的。刘大民见了陈三，小声地说："陈哥，其实公鸡夜半打鸣的声音好听哩，咯……咯……咯……"

看到刘大民学着公鸡打鸣的样子，陈三笑个不停。

为儿子做证

刑警老曾光荣地退休了。老曾做了快四十年的刑警，侦破了大小案件一千多件，在市里公安这条线上可是个响当当的人物。好多破不了的案子，一交给老曾，不过几天，嘿，就给整出了眉目。再将搜到的几个证据一串联起来，真是让犯罪嫌疑人心服口服，让刑警们也佩服得五体投地。

退休了的老曾多想在家抱抱孙子，可三十好几的儿子曾平还没结婚。孙子是抱不成了，谁知，三十好几的儿子还倒给他带来了件案子。市刑警队的王队长介绍，是在上个月的一个周末，曾平和几个同学一起到糖果屋酒吧娱乐，酒是喝了不少。邻桌的也是几个年轻人，酒喝得比他们还要多。不知是谁的酒水喷在了谁的衣服上，然后就动起了手。打来打去，对方一个叫李子的青年居然当场被打死了。既然出了大事了，曾平这边的几个同学，都开始你推我我推你，都说没有打死李子。好在糖果屋酒吧还有摄像头，警方立即调看了当时的画面。因为当时光线很暗，看得不是很清楚，但还是可以看出李子最后被打死时是两个人用脚踢的画面。那两个人，依据在场人的回忆，就是曾平和张力。

死者的死因经法医鉴定，确认为头部因受外力撞击引起内出血所致。那么曾平和张力这两个人，究竟是谁最后用脚踢李子的头部呢？曾平说不是自己，张力也说不是自己。因为光线太暗，摄像头里这个画面根本看不到什么了，只能看见有两个人当时站在死者身旁。

王队长向老曾说这些话的时候，不时看看老曾的脸色。他是多么希望退休的老曾这时也能参与进来，和刑警队一起破案。但是这不可能的，至少要回避啊。

“我想要一份拷贝的摄像头画面，可以吧？”老曾对王队长说。

“这完全可以，因为这摄像头画面是要公开的。”王队长也答应了。王队长知道曾平在老曾心中的地位，老曾的老伴去世早，他的下半生是要靠曾平的。

死者家属将曾平、张力及参与打架者一并告上了法庭，请求法庭严惩凶手。曾平、张力各自请了律师为自己辩护，证明自己不是最直接的凶手。已经开庭两次了，都没有什么结果出来。法庭也不好下定论，因为没有直接证据。再说，他们觉得，他们还有一个对手，那就是做了四十多年刑警的老曾。谁又敢乱下结论呢?

老曾从王队长手中拿来摄像头资料后，成天坐在电脑前，看那摄像头拍摄的画面。当天，他一下子就看了一百多遍。然后，又是每天都看。那几分钟的画面，老曾看了至少两千遍。有不少的好友来看望他，他也不理睬。有几次，老曾居然看得流出了眼泪。

第三次开庭的时间就在第二天。

法庭上，各方律师依旧在为自己的当事人竭尽全力地进行辩护。老曾这次没有到场。曾平这次请到的是全省最优秀的胡律师，胡律师大胆地推想了多个情节，在法庭上一一陈述，证明真凶不是曾平。旁听席上的人们心中大都有了底，肯定是曾平做刑警的爸爸授意这么做的。人们知道这个案子会怎么判了。

在张力的律师竭力陈词之后，法庭准备休庭之后进行宣判。这时，一个声音从外面传了进来：“请求不要休庭，我有话要说。”原来是老曾来到了现场。

“最直接的凶手肯定是曾平！”是老曾的声音。

现场一片哗然。人们都以为老曾是不是吃错了药。

“法庭是不能随便讲话的。请说出证据！”审判长威严地说。

“我儿子的身影我不清楚？”老曾说。

“那就认定是你的儿子了？”审判长又问。

“当时靠近死者头部的人有两个，一个没有什么动作，他的脚即使踢向死者，也不会有太大的力，另一个是用左脚拼命地在踢向对方。一般人的左脚是没有多大力量的，能用左脚给人以致命打击的，只能是曾平。因为，曾平，我的儿子，天生是个左撇子，左手力大，左腿力更大……”老曾语调很轻，但分明有了哽咽的声音。

案子很快就判决了。

之后的每个月，城东监狱的门口，人们总会看到，有一个老人，提着大包小包的东西，说是要来看儿子。那个老人，身体似乎有些驼了，但精神健旺得很。

最美的广告

李二林在城东开了家小餐馆，名字叫作“都来”餐馆。开业一个多月了，没多少起色。可是，这几天好像出鬼一样，来到这都来餐馆吃饭的人是一天比一天多。来他这儿吃饭的人都笑呵呵的，时不时地朝老板李二林看上一眼，有的还会问上一句：“老板，你真的是李二林吧？”

李二林就笑：“我怎么不是李二林呢？开餐馆的李二林，三十多岁了还没找老婆的李二林，一人吃饱全家不饿的李二林，如假包换。”说着，他哈哈大笑起来。

李二林也就想，大概是我的餐馆牌子名字起得好：都来。都来，也就是都来啊。还是老同学杨涛会想，当初起名时杨涛想过好多好听的名字，都让李二林给否决了，就喜欢这“都来”两个字。又一桌子人吃完了，结账的人又问：“你是老板李二林吧？”李二林忙不迭地点头。结账得263元，那三元的零头是可以不要的。但人家丢下了270元，说：“不找了吧。谢谢你了。”听了这话，李二林就更纳闷儿了：零头不免去不说，还多给了几元钱，而且，还加上了句“谢谢”，应该我开餐馆的谢谢客人才是啊。

李二林真是一头雾水，恰好杨涛这时打来电话，李二林正想问他这个问题，不想杨涛倒先开了口："好个李二林，你这几天餐馆的生意一天比一天好吧？"李二林就说是是，"真不知是什么原因呢。"杨涛笑了笑，又说："你不知道是什么原因？你是狗子长角——装羊（佯）吧。你想想，你在上周六的时候做过什么没有？你现在的名气可大着哩。"杨涛没有多说，一说完就挂了电话。

上周六我做了什么啊？李二林就想。难道和这件事有关？

上周六一大早，李二林就骑着电动车往菜场赶，这是李二林每天必做的事。要是去迟了，是难买到新鲜的菜的。长青路口，围了好大一群人，本来李二林是不想停下来的，但人太多，实在走不过去。他停好电动车，去看看到底发生了什么事儿。他挤过去一看，原来发生交通事故了，听说一个骑着摩托车的小伙子，将一个六七十岁的婆婆撞倒在地。骑着摩托车的小伙子一溜烟地跑了，丢下了被撞成重伤的老婆婆。身边围观的人真是不少，但就没有人将老婆婆送到医院。有人说："这谁来送哟，谁送了就是谁撞的，谁能说得清楚？"一个大个子就说："就是就是，上次我送过一次出车祸的人，人家非得说是我给撞的，我赔上了500元钱才平息……"

也有人打了110和120电话，但没有结果。一个中年妇女说："要是能联系上老婆婆的儿子该是多好啊。"李二林见了，叫过一辆的士，一把抱起老婆婆，将受伤的老婆婆送到了医院。旁边就有人说："这下好了，老婆婆的儿子来了。都不用担心了。"老婆婆已经昏迷了，李二林将她送到了人民医院急救室。医生抢救了三个多小时才将老婆婆从死亡线上拉回来。医生对李二林说："好小子，还是你做儿子的及时，要是再迟来十分钟，你妈妈的生命就没了……"李二林只是傻笑。醒过来的婆婆拉住李二林的手，眼里满是泪水。李二林问了她儿子的电话，想着要和她儿子联系，不想手机没带在身上，借了医生的手机，和老婆婆的儿子联系上了。这时，李二林才想起自己要去买菜。不买菜，一天的生意可就完了。

李二林回到餐馆后，买菜，做菜，又开始忙乎着自己的餐馆生意了。

可是，这件事和我餐馆生意有联系吗？李二林还是想不通。

下午的时候，杨涛来了。杨涛不说话，只是打开自己随身带来的笔记本电脑，打开了一个网站。网页上有一行字：人肉搜索，救人不留名的义士……然后出现了一张照片。这照片李二林好像在哪见过，他又细细一看，照片上的人不正是自己吗？那场景，不就是上周六老婆婆被撞的现场吗？原来在他李二林抱起受伤的老婆婆的时候，有人用手机拍下了一张照片。接着就有很多网友的留言：

呵，原来那救人的小伙子不是老婆婆的儿子啊？

大伙看看照片，有没有谁认识这救人的小伙子啊？

在我记忆中，我好像在哪个餐馆见过。对了，城东的“都来”餐馆的小伙子就是这个样子吧。

我听人叫他李老板，他名字叫作李二林。

我们知道这事的人每个人都到“都来”餐馆去照顾李二林的生意吧。

这个主意好。

……

李二林这下明白了，原来真是上周六那件事的影响啊。他想了想，对杨涛说：“你替我回个帖吧，就说，李二林不是救了个老婆婆，是救了个母亲，李二林觉得，天下母亲都是天下儿子的母亲，我们做儿子的是天下母亲的儿子……还有，在我十岁时，我的母亲就失踪了，我一直想找到自己的母亲……”

杨涛一边打字，一边觉得有泪水从眼中流出。

源氏物语

那个我正读大三时的暑假，阳光每天都灿烂。我想着阅读一本好书，充实自己的暑期生活。

“读《源氏物语》啊，很好的一本书。”我的小叔木江对我说。

我转过脸，他正对着我笑。我一惊，小叔木江他怎么会知道《源氏物语》这本书呢？十多年前，只读了初中二年级的他就下学了，去了南方打工。后来，回家结婚生子，如今守着一间小卖店，照看着六岁的儿子上小学。

“我读过《源氏物语》的，觉得很不错，所以推荐给你读读。”他又对我说，一脸的真诚。他比我大十岁，虽说是小叔，但我们说话也比较随意。他的情况我知道的也多，当年他上学时，说是成绩不大好，也常常和同学打架，读到初二年级时课本也不知道丢哪儿去了，于是干脆不上学了。

但小叔木江既然说了，我也就上书店去买了一本《源氏物语》，在当天晚上，开始了我的阅读之旅。其实我之前就知道，这部日本女作家紫式部的代表作品，以日本平安王朝全盛时期为背景，描写的是主人公源氏的生活经历和爱情故事。

三天之后，小叔木江找到我，说：“你开始阅读《源氏物语》了吧？里边的情节和人物能够分清不？”我笑了笑，其实我才开始看，自然是不能分出人物关系的。他也笑了笑，将一张八开的白纸递给我。白纸的上边，是一张《源氏物语》人物关系图，用黑红两色的钢笔勾画而成。“知道不？这张图曾花了我一周的时间呢。借给你用几天吧。”他说完，又回到了他的小卖店。

我在心里开始佩服他了，没有想到，初中没毕业的他居然能够画出这样一张高水平的人物关系图表呢。我继续我的阅读生活。就在我将这部小说阅读一半的时候，小叔木江又来了。他并不急着走，我为他倒了一杯茶。他和我探讨着小说的人物和情节，时不时地也和我争论一番。他说：“你是中文系大三的学生啦，你说说，紫式部在作品中塑造了众多高雅美丽的女性形象，你最喜欢哪一位？怎样理解小说中的紫色？”

我说：“当然是紫姬这个人物啦。紫式部对紫色因缘所表现的最直接，她赋予了桐壶、藤壶、紫姬这三位女主人公与紫色相关的名字，并赋予了三人相似的容貌。”

“这是通过紫色这一色彩，对象征人物的同一性的一种表现手法。”小叔木江接过话，补充说道。

我听了，更有些惊讶，这“同一性”是个专业术语呢，他怎么也懂？我连忙问他：“小叔，你不会后来上过大学吧？”他连连摇头，说：“心里真是想上大学，可以看好多好多的书呢，可是，我确实只读过这一部《源氏物语》长篇小说。”

一个月之后，我将《源氏物语》看完了，我去将他借给我的人物关系图还给他。他正清点着这个月里小卖店的账务，就随手递给我一个笔记本。笔记本有些破旧，一打开全是密密麻麻的字，有的大，有的小。我仔细一看，内容全部与《源氏物语》有关，有的是情节概述，有的是人物评价，有的是写法琢磨，还有阅读时的疑惑。

“这全是我那一年胡乱写下的笔记，那一年，我二十一岁，正在深圳一家电子厂做仓库保管。”他转过脸，对我说。

一会儿，他的账务完成了，又和我说起《源氏物语》。他让我说自己的见解，我说：“就是这《源氏物语》，开启了日本文学的‘物哀’时代，并影响了包括夏目漱石、川端康成、宫崎骏在内的大批的日本作家和各个领域的艺术家，对日本文化造成了深厚的影响呢。”

“可是，‘物哀’我还不够懂，到底是什么呢？”他开始问我。

“物哀是……”我正要说。他的妻子我的小婶进屋来了。她说：“物哀是日本江户时代国学大家本居宣长提出的文学观点，他也是专门研究《源氏物语》的，写过一本注释书。”

小叔木江笑了：“这个，对《源氏物语》，我们家的梅子是个专家呢。”

小婶梅子笑得更厉害了，对我说：“那一年我也不过二十二岁，刚刚大学毕业，在深圳那家电子厂做行政，却迷上《源氏物语》，你家做仓库保管的小叔，每天都来找我，和我一起说话，说要一起研究《源氏物语》，我也不明白，这个初中没毕业的家伙，居然能看懂这高深的《源氏物语》……”

我在心里笑了。我知道，眼下，一个初中生正教着一个大学生读完了一部长篇小说。而在当年，也只是因为一部长篇小说，开始了一段美好的爱情。

我要救你

艾森尔医生又将那只左手抬起来看了看，那只左手上戴着一块黑色的手表。

他不用看那块手表，也知道是什么牌子，知道它的尺寸，知道它的价格。

他没有时间再看那只左手上的那块手表了，他的目光转到了这个人的胸口。如今躺在他面前的是一个病人，一个中了枪伤的重病号。这个大块头家伙，是警官奥力生刚刚送来的，说是在街头发生了一场枪战，大块头家伙被人枪击。这个时候，大块头的家伙完全昏迷了过去，他受伤太重了。

艾森尔仔细地看了看大块头家伙的胸口，他用镊子小心地察看着伤口。伤口很深，是一颗子弹从心脏下方两厘米处穿过。如果不是现场医护人员止血措施正确，这家伙早已去见上帝了。

好在这家伙的运气也好，遇上了我这个还算优秀的手术医生。艾森尔对自己说。他知道，这种离心脏太近的枪伤，一般的手术医生是没有办法进行手术的，手术难度极高。或者说，即使有受伤者动了手术，不到一天时间也会照样死去。艾森尔本来每天这个时候应该去看女儿露丝的。只是今天有点事情，得晚去一会儿，就遇上了这受伤的大块头家伙。他亲爱的女儿露丝像植物人一样，躺在床上已经三个多月了，他每天下午得去看看她。

艾森尔医生又看了看那只左手，看了看那只左手手腕上的那块黑色的手表。

他拿起了手术刀。那娴熟的手术刀法有条不紊，让身旁的漂亮护士心里又是一阵暗暗称奇。不到三十分钟，优秀的艾森尔医生完成了主手术。他知道大块头家伙是死不了了的。

“这大块头家伙真算是幸运。”漂亮的小护士为受伤的家伙庆幸，也是赞美艾森尔医生。

手术确实很成功，不到七天时间，那个大块头家伙居然能够下地走动了。艾森尔医生和小护士知道了这家伙名叫黑肯，脾气有些暴躁。第十天，黑肯吵着要出院。这个家伙，可以完全下地行走，还能够跑起来了。医院同意了他的出院申请。

可是，大块头家伙黑肯就在出院当天的晚上，死在了自己的家门口。他照样是受到了枪击。警官奥力生将他送到医院来的时候，他已经没有了生命体征。大块头家伙黑肯已经确定死亡。

“他这一次是被两颗子弹击中了，第一颗子弹打在他的右膝盖上，他倒下了。第二颗子弹正打在他的胸口，就是上次手术的地方。”警官奥力生对艾森尔医生解释说。

“这一次，我真的没有办法救活他了。”艾森尔医生无奈地耸了耸肩膀。

“可是，有点奇怪呢。”警官奥力生又说，“为什么这一次他左手手腕上的黑色手表不见了？”

艾森尔医生照样耸了耸肩，笑了笑。

可是，出人意料地，警官奥力生三天之后找到了艾森尔医生。奥力生手上拿着一枚戒指，他对艾森尔说：“优秀的医生先生，这枚在枪杀现场发现的戒指是老兄你的吧，这上边有你的指纹呢。”

枪杀案破案迅速。艾森尔医生被带到了警局，警官奥力生亲自问话：“大块头家伙黑肯左手手腕上的黑色手表是你取走了吧？”

“是的，先生。”艾森尔说，“那本来就是我的一块手表，是我的妻子当年送给我的定情之物。”

“取走手表，为什么要将他枪杀？”奥力生问。

“警官先生，您还记得三个月前的那桩枪杀案吗？”艾森尔反问，“罪犯在我家中枪杀了我的妻子，将我的女儿枪击成了植物人，可是你们一直说破不了案，只能由我来慢慢寻找凶手，自己来解决问题了。罪犯当时除了带走我家中所有的现金外，还抢走了我家中的黑色手表，而黑色手表就戴在黑肯这家伙的手腕上。”

“你就这么肯定黑肯是罪犯？”奥力生又问。

“肯定是他。他戴着我家里的那块黑色手表，那手表我不用细看就知道是我家的。另外，他在现场留下了一部无法开机的手机，那天手术之前，黑肯正昏迷，我用他的手指指纹解开了那部手机。”艾森尔说。

“那你枪杀他时开了两枪，第一枪打中右膝盖之后，是想验明他的身份，所以第二枪你击中了他刚刚手术的胸口，瞬间毙命。”奥力生推测说。

艾森尔点了点头。

“那么，你在枪杀现场故意留下了你的戒指，是想让警方找到你了？”警官奥力生继续说。

艾森尔又点了点头，笑了笑。

警官奥力生的声音就大了一些，“嫌疑人艾森尔先生，既然为了报仇，那我不明白，你为什么要故意留下了你的戒指呢？你上次已经用你精湛的医术救活了大块头家伙黑肯，为什么你在他出院之后却将他枪杀？你明明可以当时就在手术台上轻松地处理他啊……”

我弄丢了一枚奖章

彼尔德老头已经七十多岁了，他早已退伍。闲暇的时候，他就会拿出自己的四枚勋章在老朋友爱默生面前炫耀一番。爱默生总是羡慕不已，啧啧称赞。他没有做过军人，当然不知道作为一名军人，在战场上得到军功章的自豪心情。

彼尔德老头于是更是来了劲头，说："老朋友，你不知道啊，我其实还丢掉了一枚奖章呢。"

"怎么会弄丢一枚奖章呢？"爱默生很是不解，"不会是你自己弄丢了吧？"

"正是我自己将自己的奖章弄丢的。"彼尔德慢慢地说。

见爱默生看着自己，彼尔德又加了一句："我来给你讲个故事吧。"

爱默生就不出声了，静静地看着老朋友彼尔德，听老朋友讲他自己的故事。

那是一场残酷的战役，已经持续了近一个月。两军展开了拉锯战，进行了十多次战斗，双方各有伤亡。双方驻营的地方也不过相距五六公里，随时可能会遇见对方的士兵。在这僵持的阶段，上头来了命令，说是敌方军队故意分散兵力，针对这一情况，我军要略微改变战术，逐一各个击破，慢慢消灭敌人。上头对这一命令特别做了说明，那就是，只要遇见敌方士兵，一定要毫不留情地射杀，这样既可以消灭敌方的力量，也可以打击敌军的士气。同时，上头也规定了奖励标准，当一个士兵射杀十个敌方士兵时，这个士兵就会被授予一枚“优秀士兵”奖章。

彼尔德可高兴了，他的枪法特别准。在全团里举行的射击比赛中，他得了个第一名的好成绩。他枪中的子弹只要射出，就会有收获。接连三天，他已经射杀了九个敌方士兵。要是再射杀一个敌人，彼尔德就是这个营里第一个得到奖章的军人。

“机会可真来了。”彼尔德提高了自己的声调。

“什么机会？”爱默生问。

“当然是又一个敌方士兵出现了。”彼尔德回答，“就在我和我的战友小里根巡哨到一片树林里边，一个敌方士兵出现了。那小子个子高呢，比我还高，穿着绿色的军装，戴着钢盔帽子，出现在我的前方大约二百米的位置。”

“这不正是个好机会吗？”爱默生也高兴起来，“你可以立即扣动扳机，将他射杀啊。”

彼尔德停住了话语，重重地摇了摇头。

“为什么？是小里根射杀了他吗？”爱默生又问。

“也不是。我没有射杀，同时，我也按住了小里根正抬起的枪管。”

“难道你不想得到那枚奖章了吗？”

“我想啊。”彼尔德大声说，“可是，那个前方二百米的家伙刚刚解开裤子，正在撒尿呢。”

“于是，我和小里根都放下了枪。那个家伙，尿完了，跑进了树林，像只兔子一样快，一下子我们就看不见了。”彼尔德笑了。

“这可真是失去了一次好机会了。”爱默生说。

“不，不！”彼尔德接过话说，“老朋友，我要告诉你的是，他跑进树林之后，我们看不见他，可是他是能够清楚地看到我们的。那个时刻，他的子弹，也一直没有射出。”

“哦，也就是说，那家伙也没有射杀你们。你就是这样丢掉了自己的奖章。”爱默生恍然大悟。

“其实啊，天底下的士兵天底下的人们，哪个又希望发生战争呢。”爱默生又加了一句。

“我就这样丢掉了自己的奖章，还得到了一个处分，将我的军衔降了级别。”彼尔德的声音低了下来。

老朋友爱默生也沉默了，他走近七十多岁的彼尔德，握住了他的手，“老家伙，我在心里给你一枚奖章。”

父亲的爱里有片海

我从海边回到“金海岸”小屋的时候，已经是下午五点多钟。我是从海边回来的最后一拨人，其实昨天我就可以回来的，要不是为了多拍几张“海韵”图片，回去让我的还没见过海的学生们长长眼，我才不会在这海边多待一会儿呢。从前天开始，广播、电视、报纸等各媒体就发布消息，大后天将会有台风登陆。昨天就有大半游玩的人返回了市区，今天只剩下小半游人，而且所有剩下的游人都手忙脚乱地在“金海岸”小屋收拾着行李，准备马上离开。

“金海岸”小屋是个前后左右上下六面都用厚铁皮包成的小屋子，只在朝海的那面开了个小门。这也许是经历风暴者对小屋的最佳设计吧。小屋里有些简单的生活设施，可以供人们将就用着。这小屋挺有特色，前天我专门为它拍了几张特写照片呢。这小屋离海边最近，到海边游玩的人们常在这儿歇会儿脚。说它最近，其实走到海边也是要一个多小时的。

天，总是阴沉着脸，像要随时发怒似的。要不是“金海岸”的小老板响着一台收音机，这“金海岸”早就没有了一丝活力。要在旅游旺季，“金海岸”屋里屋外人山人海，比繁华的市区也毫不逊色。

“这铁板做成的金海岸也不是金海岸了，大家快收拾东西到市中心，躲进厚实的宾馆里去吧。”那小老板不停地大声叫着。

人们各顾各收着东西，少有人说话。我的东西很少，早已收拾停当。忽然，我看见两个人，估计是父子二人，父亲有四十岁的样子，儿子不过十多岁。父子俩一动不动，孩子无力地倚在大人身边。父亲提着个纸袋子，好像只有条毛巾和一个瓶子。可是，他们一点也不惊慌，仿佛明天就要到来的台风与他们毫无关系。

“父子俩吧。”我走过去，搭了搭腔，那父亲模样的人点了点头，算是回答。

“收拾收拾，我们一起走吧。”我是耐不住寂寞的一个人，又说。

父子俩没有作声，四十岁的父亲对我笑了笑，却没有回答。我想他们是对我还有一种戒备心理吧。

“您说，明天真的有台风？”一会儿，倒是那父亲盯着我问。我重重地点了点头。他的脸上爬上了失望的神色。

还有一个多小时公共汽车才来接我们回市区，人们都拿出早就准备好的食物来对付早已咕咕叫的肚子。我也拿出了我的食物，一只全鸡，一袋饼干，两罐啤酒。

“一起吃吧。”我对他们两人说。

“不了。吃过了。”那父亲说，说着扬了扬他那纸袋子里的瓶子。是一瓶榨菜，吃得还有一小半。

我开始吃鸡腿，那父亲转过头去看远处的人们，儿子的喉结却开始不停地蠕动，吞着唾沫。我这才仔细地看看孩子，瘦，瘦得皮包骨头一样，偎在父亲身旁，远看倒像是只猴子。我知道孩子肯定是饿了，撕过一只鸡腿，递给了孩子。父亲忙转过脸来对我说了声谢谢，我又递过一只鸡翅给那父亲，父亲这才不好意思地接在手里。等到儿子吃完了鸡腿，父亲又将鸡翅递给儿子。儿子没有说话，接过鸡翅往父亲嘴里送。父亲舔了下，算是吃了一口，儿子这才放心地去吃。

我忙又递给孩子父亲几块饼干，说：“吃吧，不吃身体会垮掉的。”父亲这才把饼干放进嘴里，满怀感激地看着我，开口了，又问：“您说，明天真的会有台风？”“是的呀，前天开始广播、电视和报纸就在说，你不知道？”我说。父亲不再作声了，脸上失望的阴云更浓了。

“你不想返回去了？”我问。

父亲长长地叹了一口气，说：“还怎么能回去呀？”他的眼角，有几颗清泪溢出。

“怎么了？”

“孩子最喜欢海，孩子要看海呀。”他拭去了眼角的泪。生怕我看见似的。

“这有什么问题，以后还可以来的。”我安慰说。

“您不知道，”父亲对我说，“这孩子今年十六岁了，看上去只有十岁吧，他就是十岁那年检查出来得了白血病的。六年了，前两年我和他妈妈还四处借钱为他化疗，维持孩子的生命。可是，一个乡下人，又有多大的来路呢，该借的地方都借了，再也借不到钱了，只能让孩子就这样拖着。前年，他妈妈说出去打工挣钱为他治疗，可到现在倒没有了下落。孩子就这样跟着我，我和他都知道，我们在一起的时日不会很长了。孩子就对我说，爸，我想去看看大海。父子的心是相连的。我感觉，孩子也就在这两天离开我，我卖掉了家里的最后一点东西，凑了点路费，坐火车来到这座城市，又到了这海边小屋子，眼看就能看到海，满足孩子的心愿了，可是，可是……”父亲哭了起来，低沉的声音。

“不管怎么样，还是先返回去再说吧。”我劝道。

“不，我一定要让孩子看到海。”父亲坚定地说。

接游客的汽车来了，游人们争着上了汽车。我忙着去拉父子俩。父亲口里连声说着“谢谢”，却紧紧搂着儿子，一动不动。但是我不得不走。我递给那父亲三百元钱后，在汽车开动的刹那我也上了汽车。因为我想也许还有一班车，他们还能坐那班车返回。到了市区，我问起司机，司机说这就是最后一班车了。我后悔起来，真该强迫父子俩上车返回的。但又想起父亲脸上的神情，我想那也是徒劳。给了三百元钱，似乎心安理得了些，但那三百元钱对于他们又有什么用呢？

当晚，我在宾馆的房间里坐卧不安，看着电视，我唯有祈祷明天的风暴迟些来吧。

然而，水火总是无情的。第二天，风暴如期而至，听着房间外呼啸的风声，夹杂着树木的倒地声。我心里冷得厉害，总是惦记着那父子俩。台风过后，我要回到我的小城去上班了。回城之前，我查询到了“金海岸”小屋的电话号码，我想知道那父子俩到底怎么样了。到下午的时候，电话才接通。“金海岸”的小老板还记得我。我问起那父子，小老板说：“我也是刚回到小屋，那父亲我前一会儿还看见了的。”我的心放松了些。他又说：“听那父亲说，风暴来的当天，父子俩还是去了海边，幸好及时地返回了我的金海岸小屋。我的天啦，这次的海水再暴涨一点，淹没我的小屋，那他还有命吗？就在台风来的时候，那瘦瘦的孩子永远地闭上了眼睛，躺在父亲的怀里，脸上漾着幸福的笑容……”

我拿着电话，怔怔地站着。窗外，云淡天高，暴风雨洗礼之后的天空竟是如此美丽！

（入选2018年中考语文全真模拟试卷）

点石成金：

父爱如山，父爱里有片海。父亲知道孩子的生命就要画上休止符时，毅然带着孩子在暴风雨之时去看海。原来，这只是为着孩子的一个心愿。

既然有暴风雨，文章中的写景就另有深意。结尾“暴风雨洗礼之后的天空竟是如此地美丽”就是一个好例子。

理发师

林大宇是个理发师。

如今被称作“师”的人，那是多如牛毛了。能拿笔画上几笔的，自然被叫作画师。可以诵上几句经文的，那就是法师。有着特别能量认识几个人的，这就是大师。拿起电动剪刀在人脑袋上咔嚓咔嚓几下的，当然要叫作理发师了。但林大宇不同，人家叫他理发师的时候，他却沉闷地回上一句：“我只是个剃头的啊。”说着，他又去忙自己的了。

林大宇的理发店子在东街22号，招牌也不显眼，请的是个教书的小学同学写的牌子，就只是四个字：“大宇理发”。店子不大，也就十来个平方米。可是人多，来理发的人每天都得排队。第二天再去，还是有那么多的人。店里的陈设也简单，一张理发椅，可以升降，据说花去他八十五元人民币。两块大镜子是不能少的，前后各一。再就是煤气炉子，烧热水用的，得用热水给顾客洗头啊。两条长凳摆在进门的左右，好让等待理发的顾客歇下脚。他的工具箱也不复杂，剪子，刀子，有好几把，别在工具箱的口袋上方。这剪子刀子都不是电动的，他说电动的他使唤不了，当初六十多岁的师傅教他手艺时用的就是这些家伙。不过，后来他还是买了个电吹风，说是好让顾客方便，用不用电吹风由顾客说了算。

二十多年前，林大宇从六十多岁老师傅那儿出师之后，他就在这东街开了这家理发店。那时，还没有挂上招牌，行当也就他的一挑子解决问题。他开张不过三个月，理发的人却多了起来。来的人说，这儿便宜，那时的五元理发，到如今的八元理发，他也算是没涨价。其实，来他店子里理发的人并不是图便宜，更多的人是觉得舒适，觉得林大宇的手艺高。你一进门，林大宇就瞧上了你，只是一眼，他就知道怎样依据你脑袋的形状，依据你的精气神来为你设计发型。人不一样，发型当然不会一样。可有一回，人民医院的王医生来林大宇这儿理发，却问起了他的理儿，说："上次理的发型可和这一次不一样啊，我可是同一个脑袋上的头发。"林大宇的声音就发了出来："你上一次要去参加同学的婚庆，当然要剪短些，有精神。这回，你爷爷上个月才过世，得留多些，我基本没有动你的头发呢。"一说，王医生哑口了，不再争辩。

四十六岁的林大宇守着店子，养活着一大家子人。他供养着的二子一女先后进了大学，每天帮着他烧热水的老婆身上也好几种病，常年吃着药。父亲母亲也都是快八十岁的人了，作为独子的他也得尽孝。但是，他不出声，不对着老婆说个什么，也不对儿女发脾气。顾客来了，他也是没有打招呼的习惯的，像家里人来了一样。顾客闲了，在店子里也会说上几句笑话。林大宇有时也笑，闷闷的，像敲打着没开锯的葫芦的声音。

这个闷闷地发出声音的男人却遇上了件奇怪的事儿。上个月的一天，不是周末，应该是周三吧，下午三点左右，店子里本应是人多的时刻，这时却显得冷清起来。过了半个钟头，才来了一个顾客。顾客是陌生人，长得白白净净，身材也高大魁梧。林大宇也不问，洗头，剪头，掏耳朵，他个个环节按照步骤走。末了，来人掏出张百元钞票，放在了理发的座椅上，转身就要走。林大宇快了一步，挡在了顾客的面前，他从口袋里拿出了自己的零钱，找回了对方九十二元。递过钱的那一会儿，林大宇轻轻地笑了笑，算是打了个招呼。

这个照样不出声的顾客走出了林大宇的店子。林大宇出门一看，门口站着好几个人，全是穿着统一的西装、白衬衫，打着鲜红的领带。

林大宇并不理会，管他是什么人，也是自己的顾客。可过了不到二十天，有个年轻人找到了林大宇，说给他介绍份好工作。

“干啥？”林大宇问。

“理发。一个月八千元。”年轻人回答。

林大宇多病的老婆也在一旁，立即应了一声：“好啊，我家的男人去。他这些年头太忙了，太累了。”林大宇听了老婆的话，第二天就让年轻人给接走了，他坐着小车，直达省城。他和老婆商量好，自己安顿好之后，也将老婆接过去，反正自己的子女也在省城。

老婆在家清理着衣物，准备过几天去林大宇那儿。谁知，才过十天，林大宇自己坐车回到了家。老婆满脸疑问：“怎么？人家骗了你了？不是让你理发？”

“人家没骗我，也是让我理发，还给我安排了免费住宿，第一个月工资也提前支付给了我。”林大宇说。

“那是啥原因？”老婆不懂。

林大宇就坐在了板凳上，拉过老婆说：“你还记得那一个月前的那个人吗？白白净净、高大魁梧的那个？是他派人请我去的。”

“记得啊，那好啊。”老婆还是想问，“你去，给人家理发好啊，你轻松，每个月的待遇也高呢。”

“不好不好不好，我只是每隔三天帮他整理整理发型，太轻松了。”林大宇的声音大了，“可是，我是个剃头的啊，他只有一个头呢，我在那儿，闷得慌哩。”

林大宇的老婆就不作声了，那双正在清理衣物的手，停在了半空中。

那年冬天的一个大雪人

这应该是1980年冬天的事了，那时我只有七岁。

冬日的风是凛冽的。刮了两夜的大风，不少的树枝给吹在了地上，屋前房后，一片狼藉。我和六岁的弟弟就着土墙，晒着太阳。爹和娘正在发愁：手中一分钱也没有，只有十多天就要过年了，这个年怎么过啊？忽然，爹的眼睛中闪动着喜悦。他跑前跑后，像捡着宝贝一样，将那些地上的树枝给聚拢了来，堆在禾场上。

他找来锯子和斧头，将那些树枝一一锯成短条形，只有二十几厘米长；粗的树枝，他用斧头给劈细一些。忙活了半天，那些杂乱的枝条就很规矩地躺在了禾场上，足有大半禾场。

“这得晒干，这柴晒干了就很好，要的人一定多。”晚上，爹又将这些木柴给收进屋里。第二天，又搬了出来。等到晒了五个太阳日，爹笑眯眯地拿来秧架（用来挑秧的工具，也很方便装柴），小心地将晒干的木柴一根根地摆放在秧架上。爹摆得很整齐，像侍弄着他的儿子们一样。

“过几天下雪了，我挑到街上去卖，会有个好价钱的。”爹又说。爹就开始每天都听广播，想听到天气预报。几天过去了，还是没有下雪。爹就急了：“每年的腊月不是都有大雪的吗？今年是怎么了？”终于，在腊月二十八，迎来了一场大雪。

爹穿好衣裳，拉了拉我，“虎子，今日个你和我一块儿上街去。卖柴了，有油条给你吃。”我一下子来了劲，套好衣服，就同爹一道向集市上走。从家到镇上有七八里路。路上行人稀少，只有三三两两提着篮子去买菜的人。还是有风吹来，我觉得冷。爹挑着用秧架装着的一担木柴，吭哧吭哧地在前边走着，他的口中时不时地冒着白气，不知道是热气还是冷气。我冻得打战，但一想到那油条，就又加快了脚步。

爹将木柴挑到了菜市场，因为这里的人多，有可能买柴的人多。我们立在菜场最东头，爹站在前边，我躲在后边。不用吆喝，人家知道这是卖柴的。有个中年人过来问了问价钱，爹说：“三分一斤。”中年人说贵了，就走了。爹就又说：“全部买走，两分五一斤。”那人头也不回，爹上前了几步没有赶上。爹说：“这里人少了，我们挑进菜市场里边。”我们就进了市场里边，里边人多，我们找歇脚的地方也难。在肉摊边，爹想歇下，让那胖乎乎的屠夫给喝了声：“干啥啊？这儿是不能停的，不要挡了我的生意。”爹就又挑着向前走，在一家卖大白菜的摊位旁，爹跟人家说了声好话，人家才答应爹歇在了白菜摊旁。

果然人多，过来一个年轻人，问了多少钱一斤后，就说：“交两分钱吧。市场管理费。”原来是收费的，爹手中哪里有钱，就说：“您看，我这还没有开张哩，要不，您拿几根柴走吧。”年轻人就走开了。一会儿，一个四十多岁的妇女过来问价，爹说“三分一斤”，妇女说：“两分一斤我全给你买了。”爹说：“您看这木柴多好啊，晒得干，烧起来顺当，这样吧，两分五一斤，全给您了。”妇女又说：“那不行，那超计划了。这样，我两分五一斤，买你的一半。”爹就答应了，他知道今天的木柴不好卖，他指了指右边的那只秧架，“这边有56斤，给您吧。您住哪？我给您送去。”妇女就在前头走，我们跟着。走了十来分钟，到了一栋两层楼那，妇女说“到了”，爹就准备将右边木柴卸下来。妇女说：“你不会少斤两吧。还是称一下。”妇女拿过楼房里的一杆秤，一称，

56斤，秤杆旺旺的，翘上了天。爹就问我“多少钱”，我知道爹是在故意考我，我早就算好了的，说：“一元四角。”妇女就递过钱，一块四毛钱。爹就将左边的木柴挪了一半到右边，又挑着向菜市场走去。我就问爹为啥不卖左边的柴，爹说：“左边的只有55斤，能多卖出一分钱就是一分钱啊。”到了菜市场，爹却不向里走了，说：“虎子，你要注意那年轻人，他来收钱，我们就快走。”我就开始注意那收钱的年轻人，人是没有见到，我的鼻子却闻到了飘来的一股油条香味。就在不远处，有个油条铺。爹就说：“我们去买根油条吧。”我清了清喉咙，“爹，我不饿。”我知道木柴没有卖完，是不能吃油条的。

菜市场的人也越来越少。过来问价的人也少了。我们在那又站了快一个钟头，也没有人过来买。终于一个老头过来了，说：“看你们站了这半天，这样，一分五一斤，我买下了。”爹听了，停了一会儿，摇了摇头，对着我说：“虎子，我们回去吧。”爹就又挑着半担柴往回走。走过油条铺，爹掏出二分钱，买了一根油条，递给我，“爹说话算话吧，让你出来就有收获。”我接过油条，先是好好地闻了闻，然后细细地开始吃起来。边吃，也撕下一点给爹，爹说：“我不吃，我早先吃过了的，你吃吧。”回走了二三里路，爹忽然说：“虎子，我们还是回街上去，我还真得将这柴给卖掉。”我就又和爹深一脚浅一脚地向街上走。爹没有去菜市场，却来到了那妇女买柴的地方。那妇女还在，爹就说：“您看，这柴，我还是想卖给您，就二分一斤……”爹说话的声音很低。妇女就转过了头，“哦，还是你们爷俩啊，二分一斤？你划算不？好吧，看在你家小子的分上，我买了。这小子将来有出息的，斤两一出来就知道多少钱，多会算啊。”爹说那还是称一下吧，妇女说：“先不是称了的吗？不称了，还是算56斤吧。”爹就替妇女将柴整齐地摆放在屋角。妇女就又问我“多少钱”，我说“56斤那就一元一角二分”。妇女就递过钱来。爹说：“不了，这边的只有55斤，不要这么多钱。”爹就将那二分钱退还给了妇女。

爹拿出衣袋中的对角巾，将钱小心地包好。临走，我对着那妇女说了声“谢谢”，我们踏上了回家的路。爹很高兴，又买了一根油条，他用力地嗅了嗅，又交到我手中，“虎子，将这油条拿好，带回去给弟弟和娘吃。”爹回家后就将钱交给娘去置办年货了。

那一天，爹和我们兄弟俩在一起，堆了好大一个雪人，是1980年冬天村子里最大的一个雪人。